U0519583

记巴金

黄 裳著

四川文艺出版社

图书在版编目（CIP）数据

记巴金 / 黄裳著. — 成都：四川文艺出版社，2019.1
ISBN 978-7-5411-5195-8

Ⅰ.①记… Ⅱ.①黄… Ⅲ.①回忆录－作品集－中国－当代 ②散文集－中国－当代 ③随笔－作品集－中国－当代 Ⅳ.①I251②I267

中国版本图书馆CIP数据核字（2018）第240909号

JI BAJIN

记巴金

黄裳 著

策　　划　周立民　陈　武
责任编辑　卢亚兵
责任校对　汪　平
装帧设计　孙豫苏
责任印制　唐　茵

出版发行　四川文艺出版社（成都市槐树街2号）
网　　址　www.scwys.com
电　　话　028-86259285（发行部）　028-86259303（编辑部）
传　　真　028-86259306

邮购地址　成都市槐树街2号四川文艺出版社邮购部　610031
印　　刷　天津兴湘印务有限公司
成品尺寸　130mm×205mm　1/32
印　　张　7.5　　　　　　　　字　　数　130千
版　　次　2019年1月第一版　　印　　次　2019年1月第一次印刷
书　　号　ISBN 978-7-5411-5195-8
定　　价　28.00元

目 录

记巴金

一

1942 年的冬天，我和几个朋友离开上海到内地去。我的目的地是重庆，打算在那里继续读完没有结业的课程。在重庆，我没有朋友或亲属，对四川这个陌生而又亲切的省份则充满了迷惘的憧憬。我对四川的知识很大部分是从古书里得来的。例如唐代诗人李商隐美丽而不易捉摸的诗句。不用说，这是些距离现实十分辽远的古昔的影子。正如李商隐诗，"红楼隔雨相望冷"，当时在我心目里的四川，倒正像笼罩在如尘的雨幕后面的红楼吧。

在我的旅行包里藏着几封信，其中一封是一位中学里的老师写给我的。

收信人是他的一个住在重庆的弟弟，当时已经是著名作家的巴金。好几年前我已经在天津学校的宿舍里读过巴金的名著《家》，从小说里认识了成都。比起唐代诗人来，小说的描写可要真实、生动得多了。它更接近于现实。更何况小说里还有着活生生的人物，他们和千万个读者一起欢笑，一起哭泣。他们是住在成都的，成都是四川的一个城市，而四川则是中国的一个省……

我的旅行包里藏着好几封介绍信，全是父亲的朋友写给他们的朋友的。

必要时我能请求并获得他们的一些照拂……但其中我最珍重的是李林先生写给我的信。和千万个青年读者一样，我非常希望看到自己所熟悉、喜爱的作家。自然，当时完全没有想到，我会选择文学作为自己的终生事业。倒不是由于胆怯，当时多的是勇敢的狂想，其实是根本没有想到。

当我在重庆的扬子江畔定居下来以后，就怀着激动的心情，跑到城里去找巴金。非常失望，他到桂林去了，没有遇见。在那一年苦闷、寂寞的日子里，我写了一些散文，记下了入蜀途中所看到的形形色色的风景、人物。1944年夏天，我离开了学校，来到桂林，准备到湘桂前线去。在来到桂林第一天的傍晚，我就到城里的文化生活出版社去访问他，他又离开桂林到别的地方去了。这使我非常怅惘，今天我还记得一个人在斜风细雨中走过漓江江畔，在闪烁着微黄灯火的桂林街头徘徊的寂寞心情。

这以后我就到了印度。在那里我编定了我的第一个散文集子——《锦帆集》。我把这样一册幼稚的、薄薄的小册子寄给了巴金。这件事就足以说明我当时有着怎样的激情与勇气。我竟毫不惭愧地将一本年轻人的习作寄给了一位著名的作家并要求他为我找一个出版的机会。更出乎意料的是很快就收到了他的回信。回信很短，他告诉我已经把那本散文编入一个丛刊了。我在那封短信里没有发现一个前辈似乎应有的气派声口。这在当时甚至都使我感到有些失望。他那封装在重庆土纸印的信封里的信，我一直保存到今天。

我第一次见到巴金，是在1945年的重庆。抗战胜利使我"失了业"，从昆明回到重庆，依旧住在九龙坡学校的宿舍里，开始了一个真正的"作家"的生活。那就是说，开始卖稿为生。我把一年多来看到的战争场面、人民的生活与苦难……用笔记录了下来。后来，我又成了一个记者。我到重庆市民国路的文化生活出版社去看巴金。我在那座就轰炸后的断瓦颓垣改修的"大楼"的底层的书店办事处里看见了他。那一次见面好像并没有谈多少话。我自己说不出什么话来，同时发现巴金也并不是一个会滔滔不绝发表议论的人，甚至是一个拙于言辞的人。我向他表示了敬意和感谢。我请他到上海后问候李林先生，我只知道李林先生在生病，却料不到那时已经临近他生命的结末了。我很快地就结束了这次"访问"，在我记者生涯的初期，这是一次真正的"失败"。最近我还遇到一位当时在重庆文化生活出版社工作的朋友，她还提起她当时的印象，说我那种说不出话来的样子简直不像一个记者，更不符合从我的文字中所能引起的关于我的印象。我想她的记忆是真实的。

二

《家》是巴金四十七年前写成的，是他影响最大的一部长篇小说。《家》在去年印行了新版，巴金在《后记》里说："我的作品已经完成了它们的历史任务，让读者忘记它们，可能更好一些。"我读到这里，眼前就立即浮现了一幕不易忘记的场景。去年冬天一个早晨，我走过上海老西门，发现马路上排着一条长长的队伍，队伍之头在新华书店门前，尾巴则看不见，已经伸展到中华路上去了。在上海，排成这样长的队伍是少见的。在书店关紧的铁门上面，攀附着一大群年轻人，看样子是中学生。队伍中间有男有女，有中年人也有老人，他们都安静地排着队。时间还早，离书店开始营业大约还有两小时光景。我猜不透今天书店有什么新书供应，就找一位老先生打听，他对我说："听说今天书店里可能供应《家》。"我肃然了一下，就赶车去了。

　　我坐在车上想，巴金在《家》的后记里表示的愿望，可能是并不切合实际的。今天的读者，看来还不想忘记这部四十七年前出现的作品。

　　我最近又读过一次《家》，连同巴金为作品写过的一些序跋也读了。我思索着一个问题，作品为什么会有这样的力量。我觉得这是个复杂的问题，应该留给文学批评家和文学史家去解答，我自己只能思索一些比较浅显、更为实际的问题。譬如，巴金在序跋文里反复声明，小说里只有两个真实的人物。可是四十多年来读者似乎都不大肯接受这样权威的解释，他们直到今天还在关心着小说里一些人物的命运。看来读者并不都是像"特种学者"那样有什么"历史癖"，他们对小说里人物的同情、关心，或厌恶、斥责是可以理解的，而且是完全正当的。这是一种善良的愿望，应该得到尊重，而且这正是说明作品力量的所在。

　　四十多年前我在中学里第一次读《家》的时候，也曾暗暗研究过我们的英文老师和觉民之间的关系，也想象过小说的作者与觉慧的关联。不用说，我当时并没有什么"历史癖"，也并无野心去写什么考证、索隐的论文，有的不过是一个年轻人的好奇心。我也始终没有向我的老师探询过这样的问题，那原因也并非怕被扣上唯心主义的帽子，实在只是腼腆。我失悔当时没有向李林先生提出这个问题。我相信，我是不会受到斥责的，不，他不是那样的人。

今天，我倒想根据自己的回忆，说明小说所写并非真实人物的传记这样一个浅显的道理。最近我常常发现，我是只能研究这样浅显的道理的，而且觉得这是我的一种小小的进步。

我手边还保存着一册1934年的《南开同学录》。这已经是历史文献了。

当年的老师有很大一部分已不在人世，同学也多半久已不通音讯。翻翻旧录，却能引起许多回忆，往往仍鲜明如昨日事。在"男中学部教员"里就有着这样的记载："李尧林，四川成都，本校西楼，燕京大学毕业，英文。"

这就是我的英文老师，冈查洛夫《悬崖》的译者，李林先生。

在我的记忆里留存的有关南开的种种，有许多是美丽的。离开南开以后，我也曾住过别的几处学校，对比之下，就使我更加觉得南开是值得怀念的。

当然这并不是说，南开是什么天堂似的所在，不，完全不是这样。但，我仍不能不说，南开是值得怀念的。

后来也曾在南开做过教员的何其芳先生，曾经在一篇散文里不指名地称这个学校为一座"制造中学生的工厂"。我没有听过其芳先生的课，但对他的诗与散文是非常佩服的。其芳先生的愤慨和对南开的指摘，也都值得认真考虑，但我仍觉得不能简单地接受他的那个结论。不用列举别的理由，在南开，曾经有过李林、何其芳这样的教员，就很可以说明南开的特点。更不必说这座"工厂"的大量产品中间，曾经有过许多出色的人物了。1951年巴金从朝鲜前线回国休假，其芳先生在北京请巴金夫妇吃饭，我也被一起拉去。

本来想向他提出这个问题，终于因踌躇而不曾提出。其芳先生在经历了长期的磨难之后逝世，在这里我要表示一个曾经受过他影响的学生的敬意与悼念。

南开中学的教员也真是五花八门：有浑身卫道气息的老夫子；有刚从美国回来的教授太太；有才从大学出来、比大学生大不了几岁的不像教员的教员；有"从×××先生习武二十年"的武术家；自然还有必不可少的"辅导干事"。就是这样一些出身、教养、性情、作风都天差地远的人在南开独特的"教育方针"统摄之下工作，这是一个怎样复杂的矛盾集合体，是不言而喻的。在这个教员群中，李林先生是个十分突出的人物。

在他的班上，有时课上了一半，他会突然宣布，全班排队到外面活动去。

具体的活动内容已经忘记了，大约是到墙子河边去散步吧，反正与英语无关是肯定的。他教英语，不大注意死板的文法，而着重阅读与朗诵，还有就是教我们唱英文歌，这可是经常的，每次上课都要唱。到今天我还记得一首歌的词句和唱法：

Row, row, row your boat, gently down the stream, merrily, merrily, merrily, life is but a dream. 这大约是，我平生会唱的，得自恩师传授的唯一一首英文歌。

这样的教授方法，在南开的主管人看来，大约总不免有些离经叛道，不过很奇怪，并没有听到他的饭碗曾受到过怎样的威胁，他在学生中间的威信倒是颇高的。他常和同学们一起打篮球、网球，有几个月还和同学们一起在大饭堂里包饭，挤在八人一桌的台面上用不够文雅的方式吃饭。当一本小小的文艺刊物《水星》在北平创刊时，学校校园里出现了一些征求订户的小纸条，下面写着"本校西楼"和他的签名。

回忆起来，早在中学时代我就有了买书的癖好了。学校外面有一家"会友书局"，专门经售文学读物和期刊。我是每天必去，而且总要抱两本回来的。不久，宿舍床头的木板架上，就排满了新书。记得有一天，李林先生把我叫到他的宿舍去，相当激动地问我，是不是买了不少新文学的书。然后就告诉我，一个姓傅的"辅导干事"当我们上课时去宿舍查了房间，翻检了我的书物，而且作为一种"危险情况"在教务会议上提出了。他说，他在会上和这种"荒谬绝伦"的意见激烈地争辩了一通，对这种侵犯学生自由的行为进行了抗议。他有些口吃了，说明他的激动还不曾平静下来，而且可以看出，他虽然勇敢地战斗了，但并未取得胜利。结局大约总是不了了之。他最后告诉我要小心一些。对他的警告，我当时是并不理解也不重视的，心想买两本书看有什么了不起，学校的图书馆里不是也添了这些书而且用硬纸板装了封面在出借吗，但对他的出面主持正义则是感谢的，觉得他和别的老师不大一样，他是和我们站在一起的。

我回忆这些旧事，希望为读者理解《家》这本作品提供一些资料。当时也想说明，照我看，李林先生和《家》里的觉民实在并不是一个人，他比觉民还要更大胆、更活泼，对旧的传统有更多的叛逆性，他还会做出更多使读者精神一振的事来。

不知怎的，又想到了《红楼梦》。

关于《红楼梦》的争论，可谓多矣。而且不只过去争论得热闹，将来的争论肯定还会更加热闹。过去一段时期，人们正确地批判了一种荒唐的论点，那就是把曹雪芹当做太史公，把《红楼梦》当做由"宝玉列传""林黛玉列传"……组成的《史记》。这是只有有着"历史癖"的"特种学者"才说得出的昏话，对这种昏话不加批判是不行的。不过事情往往不是一帆风顺的，半路上有些论客出来打浑了，他们把本来是不错的意见一个劲地推、推、推……终于推进了荒谬绝伦的所在。谁要是对曹雪芹的身世、经历，他所生活的时代、社会，做一些深入的研究，特别是与《红楼梦》做一些对比的研究，他们就气急败坏地喊道，"复辟了！这种复辟太典型了！"这些论客和"特种学者"实际并没有什么不同，花样尽管翻新，目的原是一样。把一部伟大的作品封闭起来，加以取消，不过如此而已。近六十年前，鲁迅先生在《中国小说史略》中就对曹雪芹的创作《红楼梦》说过这样的话了：

"盖叙述皆存本真，闻见悉所亲历，正因写实，转成新鲜。而世人忽略此言，每欲别求深义，揣测之说，久而遂多。"

这是十分平实的说法，经六十年岁月的检验，已证明是非常正确的说法，特别是经过某些论客的疯狂践踏之后，回过头来看，更感到这种说法的可贵，因为它是实事求是的。

我并不想拿《家》和《红楼梦》对比，不过我觉得两者的产生过程确有某种程度的近似。巴金如果没有他最初十九年的生活，没有那些他所深爱、深知的亲人，没有使他坐卧不宁的激情，那么《家》的产生就是不可能的。

这就是我经过思索以后得到的简单结论。至于小说家不是摄影师也不是太史公，则是属于常识范围里的事，这里可以节约加以论述的篇幅了。

不久以前巴金在闲谈中说起，他的大哥和三哥（李林）寄给他的信，他曾经保藏了多年，订成了厚厚几册的，十年前由他自己亲手毁掉了。他说，他是不想落到"四人帮"爪牙的手里，成为"展览"的资料。他说这些话的时候一直都在微笑着。这些信已经毁灭了，他们的影子却清晰地留在《家》里面。作品自有它的力量，它会生存下去的。不论是怎样的"英雄"，对此都将无能为力。

三

1956年我到四川去旅行，过成都时曾去访问李家的旧宅。不记得那地方已经改为一个什么机关了，只在大门口张望了一下，远远地看了可能曾经是巴金的卧室和书房的屋子，就走开了。我没有走进去，没有去看花园，没有去凭吊鸣凤自沉的湖边"遗址"。这就证明我的"历史癖"并不太深，头脑也还比较清醒。不过我当时确是有着一种小小的计划，我想，如果要认真研究巴金和他的作品，不了解成都的种种是不行的。我在成都住了一个月。看了不少川戏，看了廖静秋的《归舟投江》，这是一个很有才华的演员，当时已经身患不治之症，但仍严肃地坚持舞台工作。巴金很尊重她这种工作精神，他和几位四川的全国人民代表大会代表给人大写过一封信，提议给廖静秋拍一部舞台纪录片。信里有这样的话："现代科学还不能保存她的生命，但是可以保存她的艺术。"

后来她留下了一部纪录片。不久以后廖静秋逝世，巴金写过一篇纪念她的文章。从这件小事也可以看出巴金对川戏的感情。

在《家》里描写过五十年前川戏演员生活的一些小小侧面，在另外的文章里他还作过更详细些的说明，看来那时候四川演员的命运和《金台残泪记》这类作品里所描写北京演员差不多。巴金对这些被侮辱与被损害者是同情的。这一点，过去巴金的研究者似乎都没有加以注意，可能就是因为人们对这种社会现象缺乏必要的了解。不过1956年的成都已经再也找不到这种历史残迹的余痕。访问老演员也很难获得这样的材料。我看过《打红台》后访问了著名演员面娃娃（彭海清），他谈了不少表演和川戏流派，使我增长了见识，但他并没有谈旧时代演员的生活，仿佛这一切都真的一去不复返了。在成都，唯一使我感到满意的是发现了一个别有风味的舞台，当时它还被使用作一个主要的营业性剧场。它是在一个旧宅的花园里，舞台不大，池座四周有朱红的游廊，外面就是花园，大约只能接待几百个观众，在这里我看了《抢伞》《辩钗》……这些节目，感到环境和演出十分协调。我想《家》里描写的公馆里演戏那种场面，大抵就差不多是这样子。

巴金是很喜欢川戏的，川剧团旅行演出路过上海，总有些演员到他家去做客。不管是老演员还是年轻演员，都像熟人似的和他随便谈话。川戏在许多地方都赢得了不少热情的观众，其中不少还是狂热的爱好者。碰在一起就热烈地谈起来。在这种场合，巴金只是微笑地听着，把"内行评论家"让给旁人。他在《谈我的短篇小说》的末尾说："我从小时候起就喜欢看戏。我喜欢的倒是一些地方戏的折子戏。我觉得它们都是很好的短篇小说。"他举了川戏《周仁耍路》的例子，作了分析，指出这完全是中国人的东西，从人民中间来的东西。他赞颂了我们深厚的传统。从这里可以看出中华民族优秀的传统文化给作家的哺育，而这也正是研究者往往忽略了的。

巴金有着非凡的记忆力。50年代初，有一次饭后闲谈，他兴致很好，随口背诵了好多篇古诗，包括《长恨歌》《琵琶行》这样的长篇。那时我正在起劲地买旧书，他托我顺便给他找一部旧版的唐诗选本。记得后来找来了一部《批点唐诗正声》，选本并不高明，不过是明万历刻，棉纸印的。巴金喜欢买书，但从不买线装古书，这部《批点唐诗正声》，大约在他的藏书里算是很别致的了。他还托我从相熟的旧书店里买过一整套《绣像小说》。《老残游记》就是最初在它上面发表的。此外还买过全套的林译小说……这些都是他年轻时熟习并喜爱过的读物。他摩挲着这些书时，表现出了非常的喜悦。我记起他在《忆》里的一段文字。当他还是一个孩子时，晚上在清油灯下，跟着母亲读他自己手抄的词，这是个非常美丽动人的场景，它使我想起龚自珍的《三别好诗》和诗序。龚自珍说有三位文学成就并不太高的作者的作品，却是他一直深爱的，那原因："以三者皆于慈母帐外灯前诵之，吴（梅村）诗出口授，故尤缠绵于心，吾方壮而独游，每一吟此，宛然幼小依膝下时。吾知异日空山，有过吾门而闻且高歌、且悲啼，杂然交作，如高宫大角之声者，必是三物也。"龚自珍在这篇诗序里表现了他独有的文学特色之外，还表现了更重要、更真实的东西。

巴金的《家》里有两个真实的人物。一个是他的大哥，这是读者都知道的。还有一个呢？我问过他。他说："是我的祖父。"

1956年路过重庆，我抽空到"米亭子"去了一次。抗战中这里曾是旧书店的集中地，此刻是冷落得多了。旧书店只剩下两三家，货色也少得多，差得多。

我在散堆在门板上的烂书中间，无意中抽出了两本薄薄的诗集，是民国初年成都相当精致的小字刻本。我从书末校刊的后裔列名里发现了李林和巴金的名字。我知道这该是他的祖父的诗集了。带回上海，给巴金看了果然是的。

高老太爷和冯乐山这样的人物，在1956年的成都，恐怕已经再也找不到一个标本。因此想领教一下他们的"风范"，是困难的。但我在成都市上还是买到了《诗婢家笺谱》，买到去世不久的赵尧生（熙）的诗集和木刻小本《情探》。此外，他们的遗迹在四川各地一些名胜所在的刻石上，还留存着不少。他们有着那个时代一切遗老的共性，同时也有他们地区性的个性。就是这样一些确实无疑的地主阶级代表人物，也还是复杂的，不像"四人帮"论客们想象的那么简单。

赵尧生写出了《情探》，就是一个例子。我没有用《焚香记》和《情探》比勘过。据说两者是大相径庭的。《情探》是鬼戏，是为江青之流所切齿痛恨的鬼戏。但自从三十二年前读了鲁迅先生的《女吊》一文以后，我就对诸如此类的一切高论产生了"免疫力"。无论"'前进'的文学家和'战斗'的勇士们"唱出了怎样慷慨激昂的高调，一概当做"呆鸟"的嘶鸣。现在看来，这种认识又十分不够了，他们哪里只是什么"呆鸟"而已呢？这又是我近来的一点小小的进步。

在我看来，《情探》里的焦桂英实在是一个带复仇性的、很美也很强的鬼魂。如果人们不是同情、反而责怪她，斥责她的斗争手段卑怯而不科学，那么，照我看来，简直就和手执核子武器，却在嘲笑第三世界人民手里的雕弓与匕首者异曲同工，实在已经大大高出"呆鸟"之上了。

为什么冯乐山，或至少是冯乐山的诗友会写出《情探》这样的作品来呢？

这就是使我感到问题并不那样单纯的因由。

1956年在成都的日子里，我还访问过《死水微澜》的作者李劼人，访问过"商场"的旧址，设法吃了有代表性的川菜，如"开水白菜"之类，在少城公园吃过茶……目的是想写一篇探索《家》的时代背景那样的报道，可是这个题目非常困难，时间又迫促，终于不曾写成。

过去，我也曾和朋友合作，用这种不太聪明的方法研究过《红楼梦》，不料却成了"典型的复辟活动""烦琐考证"的标本。我一点不明白，为什么一碰上"考证"，江青、张春桥之流就像被掘了祖坟似的发狂、发怒、发抖呢？他们为什么疯狂地反对写真人真事的作品？似乎这些都是不可理解的。现在可是悟出一点奥妙来了。

鲁迅曾经在一篇文章里描写过他婴儿时代曾经戴过的银饰，上面镶着尺、剪刀、算盘、天秤之类的小东西。这是被当做避邪的法宝的。为什么呢？

鲁迅解释道："中国的邪鬼，是怕斩钉截铁，不能含糊的东西的。"对同样的事物，鲁迅对日本朋友增田涉也解释过："总之，这些东西，都是为了弄清事物的。可见中国的邪鬼，非常害怕明确，喜欢含混。"考证这东西，终极目的也不过是为了弄清事物。邪鬼之见而生畏，因畏生恨，非灭此朝食不可，不是明明白白的了么？

鲁迅后来为了探究和好奇，从 30 年代上海的银楼里买来了几乎一式一样的银饰，叹息道，"奇怪得很，半世纪有余了，邪鬼还是这样的性情，避邪还是这样的法宝。"现在是距离鲁迅发出这种慨叹又已过了半个世纪。中国的邪鬼的性情是否有了什么改变，也正难说得很。世间大约没有什么永久不变的事物，我想，至少比起它们的前辈来，今天的邪鬼已经变得更为伶俐，只是银饰式样的法宝，已经难以制服。但无论如何，斩钉截铁，决不含糊，这样的原则，在邪鬼不曾完全消灭之日，总还是适用的吧。

四

1946 年秋我从重庆回到上海，到霞飞坊（现在的淮海坊）59 号去看巴金，这已经是李林先生逝世半年以后了。巴金和萧珊就住在三楼李林住过的书房里，这时他们已经有了一个不满周岁的小女儿——小林。现在是小林自己也有一个小女儿了。一次，我从一面走动一面讲话的小林的侧面，又看到了李林的瘦削、带了分明轮廓的深深小酒靥，我想，有些似乎已经永远失去了的东西，也还会在无意中出现……

霞飞坊的房子的开间不大，三楼临窗放着一只书桌，铁床放在后侧的角落里，其余的空隙全部被装玻璃橱门的书架占去。书架布置得曲曲折折，中间留有可以侧身走过的通路，就像苏州花园石假山中间的小径似的。书架里绝大部分是外文书。二楼的一间是朋友让出来的，是吃饭、会客的地方。

写完了《寒夜》以后，巴金没有再写新的长篇。这个时期除了翻译以外主要是做编辑工作，还有就是读书。客厅里客人来往不断，他有时陪客，有时就躲到三楼上去。有时来了客人，喊他下来，他就披着一件半旧的人字呢夹大衣，手里捧着一本书，眼镜推在额上，从楼梯上走下来。一面招呼，一面嘴里还咿唔地说着什么。自然，这时的来客一定是熟人。

这时他们的生活过得还算平静，经济来源似乎主要靠巴金在开明书店的版税收入，他的一些主要作品都交给了开明。在那些日子里，物价一天一个样子，甚至一天早晚也是不同的。书店的版税隔一段时间付一次，还是期票。

领取版税，买回生活资料，则是一场紧张的"战斗"。我曾经协助萧珊进行过这样一次"战斗"。我们一早赶到书店，取到支票，立即赶到一个在银行里工作的诗人朋友那里去贴现。领到用线绳扎起的一捆捆污秽的"法币"，借了一个小口袋装了，又立即跳上三轮车。按照事先的计划，飞快地把这换成一些日用品，这才长长吐一口气，安心了。整个过程只需要很少一点时间，但毫不夸张确是一场"战斗"。在当时以笔墨为生者中间，有进行这种"战斗"的幸福的人是不多的，不，应该说是绝无仅有的。

巴金是怎样工作的，我说不大清楚。他总是一个人躲在三楼的卧室里工作，而且多半在夜里。他做有关编辑的一切工作，有时还看校样，连插图、装帧都要管。他有一本外国印的厚厚的讲装帧的书，里面收了许多文学书的封面、扉页……文化生活出版社的《文化生活丛刊》的封面设计，就是从那里面取来的。他十分看重插图，有时为了一个译本要搜集两三种版本的不同插图。平明版的《契诃夫短篇集》的封面题字是捉住靳以挥毫的。巴尔扎克的几本小说的开本、装订，则是仿照了法国的出版物。自然并不是什么豪华版，但素朴、大方，自有风格，装订也认真。这套书后来重印时变成了硬纸面的"精装"，我看是反而"雅"得有些"俗"了。

巴金当了十几年编辑。他最早年编成的两套书是"文学丛刊"和"译文丛书"。"丛刊"一共出了十辑，鲁迅的《故事新编》就收在第一辑里；"丛书"的第一种也是鲁迅译的果戈理的《死魂灵》。这是这两套文学创作和翻译丛书的光荣。鲁迅先生用他晚年的最后两本书，支持了这两个新创办的丛书，这件事本身就带有一种传统接班的意义。十多年前我在一次闲谈中问他，在他看来，中国的文学译本哪一种是最优秀的，他的回答是，《死魂灵》。

我是同意这个判断的。我说不出什么系统的翻译理论上的根据，但我相信，翻译果戈理，比鲁迅更出色的译者，恐怕是没有了。

九年前张春桥曾经对一些搞"调查报告"的人发过一通"指示"。张春桥对列宁的只从经济上划分阶级十分不满，他要"发展"列宁的理论，他主张要从政治标准的角度考虑问题。张春桥把一大群人都定为资产阶级之后说，巴金算什么阶级，这个人实际上是个资本家。张春桥举出的理由是巴金家里是大地主，而自己则开过书店。

张春桥的"指示"提醒我们，巴金在文学编辑、出版方面所做的工作，是引起了这个帮的密切注意的。

手头没有"文学丛刊"，也没有"译文丛书"，说不出真确的统计数字。

根据我的印象，这里出现的作者，已知名的和新人的比例至少是一半对一半，有时甚至是三与一之比。有许多有成就的作者，当他们在"丛刊"中露面时，都是不折不扣的新人。这样的编辑方针，怕不是一个精明的出版家所能同意的。巴金居然这样把书店开下来了，居然有了成千上万的读者，同时还涌现了一批优秀的作者。用张春桥的理论加以衡量，也可以算是一个奇迹。

写到这里，看到巴金在《人民日报》上发表的纪念何其芳的文章，引起很多回忆。何其芳最早的一本诗与散文合集《画梦录》，就收在"文学丛刊"第一辑里。《扇上的烟云》就是这个集子的代序。这是一本薄薄的集子，全书也不过只有几万字吧。作者当时还是"一个穿长袍的斯斯文文的大学生"。

今天的读者恐怕很难想象了，这样一本小书，在当时曾经引起过怎样的反响。

就在其芳先生称之为"制造中学生的工厂"的那所学校里，它引起了毫不夸张的一种震动。人们传说着，一颗文坛上的新的彗星出现了。不久以后，同学们又以怎样的热情迎来了这位年轻诗人做自己的先生。我没有被分在其芳先生的班上，没有听过他的讲义，但自《画梦录》出现以后，我就是他的一个忠实读者，而且在以后学习写作时，总是记着这样一位先生。他后来所写的一些散文，《呜咽的扬子江》那一套旅行记留给我的记忆尤深。这些文章都收在《还乡杂记》里，这本书最早的版本在封面上却大书着"还乡日记"。

这本书的样子到现在我还清楚地记着，虽然书是早已失去了。

"文学丛刊"第一辑还给中国的读者介绍了曹禺和他的《雷雨》。

这以后又在接下来的几辑里介绍了《日出》《原野》《北京人》……我从《南开同学录》里还查到曹禺的名字，

他是 1928 年的中学部第二十一次毕业生，还知道他有一个别号"小石"。

我手头没有"文学丛刊"，无法，但也没有必要提出更多的作家和作品了。当然不是说这里出现的都是"篇篇锦绣，字字珠玑"，但它在中国现代文学史上留下的痕迹，却是张春桥之流无论如何也抹杀不掉的。

我看见过巴金那张不大的书桌，那上面堆放着怎样零乱的一大堆书报、原稿……但我没有看见过他在这张书桌上工作的情景。不过我知道，他把生命的多大一部分消耗在这里了。今天，巴金的头发已经完全白了。每次我看见他，看着他那满头的银发，总会产生一种异样的感觉。1962 年他的头发还是全黑的，使他的头发变白的，并不是四十年的工作，而是别的什么东西。

我知道，这里有着一部没有字，或还未写成字的书。最近我还听他说起要写这样一本小说，我知道他不是随便说的，他是会写出来的。

巴金和他的哥哥李林在性格上是很相近的。无论是谁，和他最初接触时产生的矜持，总会在短暂的时间里消失，就像冰块遇见火一样。他当然不是一个演员，也没有受过什么交际训练，他甚至在这方面常常表现得相当笨拙。

他有着一种特有的、完全不是造作出来的坦率与真诚。这实在是很有力量的。

三十年前我称他先生，今天我还是称他先生，习惯了。这当然不是平常泛泛的敬称，可是我从未在他身上发现某种前辈的气息。和李林一样，我是他的学生，后辈的朋友。

1947年，我所工作的日报被国民党封闭了，一时失去了写作和发表作品的地方。

这时，巴金把李林没有完成的威尔斯的小说《莫洛博士岛》的译本交给我，鼓励我把它译完。我向他申述我的语学素养不足承担这样的任务。他只是简单地微笑着说了些什么，就使我不能再表示反对。当然，我的天真与勇敢也是起了作用的。这以后，同样在他的鼓励、提示之下，我还译过另外几本书。这些都是不成气候的译本，但想起这些总会给我带来一种温暖，因为它们的出现是在被缴了械以后的事。也许可以不大恰当地比作"地下工厂"的出品吧。即使是被大石头紧紧压着，小草也还会钻出地面、生长、发育，石头再大再重，对水分和阳光是无能为力的。

和李林的冷静孤介不同，巴金是更为热情的。但这只不过是外表上的差异。在谈天的时候，对一件事，一种社会现象，他常常会激动地发表意见，说得很多。往往说不下去了，就皱起眉用断续的"真是，真是……"结束。

多少年来他一直保留着这样的习惯，他现在是年过七十，满头银发的老人了，也还是这样，一些都没有改变。有时会感到他比过去激动得更厉害了。谈论的事情有时是很细小的，但引起激动的因素却并不细小。他不可能是一个好演说家。他常常面对不少听众发言。这时他往往读他自己写好的稿子。就这样，听了还会使人激动。主要原因是他说了真话，说了人们所关心的一些重大的问题。二十年前，人民文学出版社出版了十四卷《巴金文集》。这是他自己编的，收进了中华人民共和国成立前的全部作品。对这一套"文集"，"四人帮"的评价是"邪书十四卷"；也有人认为，编得不太谨严，把什么文章都收进去了。这也许是有道理的。不过我总觉得，把自己几十年来所写的一切，全部展现在读者面前，这事情本身就是了不起的，这需要惊人的坦率、勇敢。这件事，很好地说明了作为一个作家，巴金身上最本质的东西：正直。

五

巴金写过好几本旅行记，这些都收在"文集"的第十一卷里。他还说过"我爱旅行"这样的话。

我不大清楚，在中国文学传统中，哪些算是正宗的"游记"作品。像《徐霞客游记》那样地理学家的著作，我是不喜欢的，只是作为科学家的调查报告，加以尊重；

柳宗元写的山水记也是有名的，我同样不大喜欢，觉得它还不及也是科学著作的《水经注》的有些片段写得好；柳宗元的追随者在千余年中所写的大量刁钻古怪、费尽心机的"游记"，我也同样地不喜欢。

巴金的"游记"作品，大概也不能称作正宗的"游记"。他的确描写过不同地域的风景、道里……但对古迹、名胜、土产……这些却毫不在意，在旅游事业蓬勃发展的今天，怕是不能满足旅行爱好者的要求的。在他的"游记"里，依旧是平凡的人物的生活和他们的快乐与痛苦的记录。小说家写游记，大抵总会写成这个样子的，我想。

解放初期巴金参加了老根据地访问团，我是随团的记者。在一个多月期间，走过济南、沂南、镇江、扬州、盐城、兴化……许多城镇。工作之余，也抽空到过一些地方，不过这大抵并非名区、胜景，说来可笑，只不过是找个什么地方去喝茶、吃东西而已。

一次是在济南，一天中午，我们走到一个地方去吃午饭。这家饭馆很别致，大约也颇有名，可惜记不起它的名字了。这是一个大园子，外面有围墙，十分破败了，进门以后就远远看到一个很大的水塘，塘侧是一座水阁，看起来是上百年的建筑物了，也许还不止。水阁楼上临窗有十多张桌子，空落落的只有我们两个顾客。坐下来就正好望着那个水塘，倒是十分出色的。济南著名的鲤鱼就养在塘里。这里的名菜就是什么×鲤鱼。

这实在是一个出色的饭馆，比起杭州的楼外楼，要好得远。

著名的鲤鱼的味道，今天一点都说不出了。只记得我们在走近园门之前，在路侧看到的两座石碑。并非近时的制作，雕镂也颇工致，一座碑上大书道"秦琼故里"（秦字上面可能还有"济南"二字，记不真了），另一座碑上好像写着有关"三十六友"之类的字样。

在楼上落座以后，第一件事就是向堂倌打听山东好汉秦琼的故事。他十分严肃地告诉我们，秦叔宝的故居确在这左近，而我们现在落座的水阁，就是有名的"三十六友"结义之处的"贾家楼"了。我们也很严肃地听取了他的说明。

在吃着著名的鲤鱼中间，记得我们曾经进行过有趣的讨论。

当时议论了些什么，也完全忘记了。只觉得碑文非常有趣而已。

济南是有不少"古迹"的，我们没有去访，却在全然无意中碰到了这个似乎不曾有人提起过的"名胜"。

另外一次是在扬州。住在招待所里，偶然出去走走，在邻近不远的地方发现了一家茶馆。这茶馆是很特别的，大约过去是一处私家园林。从狭窄的弄堂走进去，走进一座小小的门。里面是曲曲折折的游廊。扶疏的花木，小巧的厅堂轩馆，这些也都久未修饰，颇为荒落了。但花木还在的。别致的是茶座就安置在每个能放得下小茶桌的地方，疏疏落落，星罗棋布，吃茶的人很不少。这很引起了巴金的兴趣，四川的茶馆是有名的，花样也很多，但像这样的茶馆却没有见过。于是就坐下来喝茶。这家茶馆的名字是"富春"。

后来知道是个有名的地方。不但卖茶，还有点心，点心的花样也真多。每样试试，没有非凡的胃口是不行的。味道也很好，我记得有一种特大的包子，用香菇和其他材料做心子，是非常出色的。平常多看见"淮扬细点"的市招，这次才算真正得到一些理解。我们就这样坐着喝茶，吃点心，谈话，忘记了时间，一直坐到招待所里的人找我们回去吃晚饭为止。

这些小小的愉快的回忆，也许可以帮助说明作家生活的一个侧面。多年来，我不记得他曾主动提议过到什么地方去旅行，去看戏，逛街……有时也偶尔出去吃杯咖啡，但咖啡究竟不如沱茶有味，不能一次次地泡下开水去。

我想可能是因为，我开始认识他的时候，他已经是个中年人了。

最近，当他的生活又开始忙乱起来以后，因为感到疲倦，打算到杭州去住两天。我问他想玩些什么地方，他眯起了眼睛，愉快地表示了他的希望，想到西泠印社旁边的茶座去喝喝茶。他从杭州回来以后，告诉我坐了一部车子跑了很多地方。我想，这大概不是他所希望的休息方式。不过他最后说："还好，最后到了虎跑，喝了茶。"

如果说喝茶是巴金的嗜好的话，那也许是可以这么说的吧。

他也确实还有别的喜欢的事物，那就是书。他喜欢买新书，更喜欢买旧书。这里所谓旧书是指旧的外文书。上海过去很有几处可观的外国人开的旧书店，中华人民共和国成立后另出现了几家，经营者大抵换了中国人。我陪他去跑过几次旧书店，他的兴致总是很好，当拿到一册好书时，眼里就会闪烁出异样的欣喜与光彩，用手提起厚厚一叠书时，也显得毫不吃力。我记得他曾买到过红色布面的蒲宁的全集，非常喜欢；还有一些旧俄作家的文集，还是十月革命前的版本，这都可以算是善本了。可惜我对此缺乏起码的知识，说不出更多的细节。记得有一次，他取出一册新得到的英国印《莎翁戏剧人物图集》给我看。

虽是第二版，却也十分名贵了。那是彩色印的铜刻画，只有十幅左右，实在是美丽极了。巴金后来迁居到现在的住所，搬家时我曾自告奋勇去帮忙搬书。

我看见堆在楼梯上下一捆捆的书，我实在只不过搬了两三捆。

巴金曾经珍重收藏过一些名贵的作家手稿。他给我看过鲁迅先生的原稿《选本》，还是寄给在北平出版的《文学季刊》的稿子，那真是一件艺术品，通体几乎没有什么改动，用毛笔写在印格的毛边纸上的。还有鲁迅先生《立此存照》的手稿，写在小幅的宣纸上，其中的引文，就从原来的报刊上剪下，贴在文稿中间。这使我明白了鲁迅文章中经常提到的"剪而贴之"的真相。

还有鲁迅先生在宣纸小幅上手书的"凯绥·珂勒惠支版画选集"封面题字，古朴如晋人碑版。这些，后来都已赠给了鲁迅纪念馆。巴金还为北京图书馆的手稿特藏部搜集了不少大部头的创作、翻译手稿。

一个作家对书物的感情，是很难用几行文字做出满意的表达的。鲁迅先生曾经讲起，一个文人节衣缩食去购买书籍，那心情正如绿林英雄的不惜重资买进盒子炮。大概也确是如此的吧。可是，这样平凡的事实，后来一度竟变成了难以理解的玄思妙想。几年前一些"四人帮"的打手、爪牙就曾理直气壮地质问我："一个人有几本书，是平常事。可是你却有这许多，想干什么？搞囤积么？"

这难道是吴敬梓或斯惠夫脱他们编造出来的么？不，这是真实。他们哪里想得到、写得出，我不相信世界上会有这样的天才。

六

巴金在"中国文学艺术界联合会第三届全国委员会第三次扩大会议上"的讲话中提到，"四人帮"说他在1962年上海文代会上的发言——《作家的勇气和责任心》是"反党、反社会主义的大毒草"。关于此案，我知道一点故事可以在这里说一说。

揪出、砸烂，并深入揭批"四人帮"，确是一场惊心动魄的政治大斗争、大革命、大胜利。通过近两年的工作，人们对"四人帮"是已经获得了一个概念的，不过还不够完整、深入。譬如说，"四人帮"的形成，以及它的流毒和余孽这样的问题，就都还值得深入研究。

姚文元这个角色的发迹并不太早，距离他的覆灭前后不过二十年，但一出现，就以其非凡的特色引起了人们的注意，其变化之快速也着实可惊。从"叭儿"到"疯狗"，演化的过程并不需要多长时间。姚文元很早就已获得"棍子"的声名了。人们送给他这个"徽号"，本已表示了明确的态度，没有必要添加多余的形容词。形容词是后来由江青补加的，叫做"金棍子"。

巴金1962年的那篇发言的确涉及了"棍子"，虽然没有指名道姓，但人们一听就会联想到姚文元，这正是十分自然的事。记得那是一个很好的春天早晨，巴金发言以后，会议休息，人们在草地上散步。有很多朋友围着他谈笑。大家都说他讲得好，我却觉得他当时做这样的发言是冒着很大的风险的。

巴金爽朗地笑着回答人们的问候，好像一点都没有什么。我想起他的发言的题目里有"勇气"字样，我想这确实需要一点勇气。

过了没有几天，上海文联举行唐代大诗人杜甫的纪念会。我赶到上海艺术剧场时迟了些，会议已经开始了。就在最后一排空着的位子上坐下来，我看见巴金还有几个别的人正坐在主席台上。不一会又有一个人进场，一屁股坐在我旁边，他不去听台上的报告，也不向左右张望，忙不迭地从袋里掏出一册刚刚印好还没有发卖的《上海文学》，翻开第一页就在暗淡的壁灯光下看了起来，打开那一页就是巴金的《作家的勇气和责任心》。

他埋头读着，读罢一段就向主席台上一看，一面发出没有声音的暗笑，露出了满口的牙，接着就又埋头去读下一段。他偶一回头，使我看到了那露出得意神色的凛然的目光。这正是姚文元。

会议开了不到一半，姚文元就站起，把杂志塞进衣袋匆匆溜掉了。关于杜甫的报告，我一个字都没有听见，我的注意全部被姚文元吸引去了。我看到了一匹窥伺着猎物的牧羊犬的全部动作，似乎也理解了它的全部心理活动。区别仅仅在于，驱使着牧羊犬的是动物猎食的本能，在姚文元这里，更多的却是仇恨。这当然是一切畜生所无法企及的。至于这仇恨的不仅限于"个人恩怨"，它还有着更为深刻的内容，那是十多年后才慢慢悟出来的。

这以后果然就出现了一些流言，慢慢地流言变成了暗流……

从1966年下半年开始，我就没有再和巴金接触。他开始"靠边"的那些日子，我有好几次看到他在淮海路的邮局里买报，看见他一个人慢慢向作家协会走去，好几次想叫住他，都抑制住了。除了在报上看到他的名字用七行铅字排进标题以外，几乎没有听到他的任何消息。"四人帮"的爪牙经常"教育"我要学会"举一反三""由此及彼"的本领，我也确实学会了这种本领，我从自己的切身感受里好像目睹似的看到了他的处境。"牛棚"的样式虽然千变万化，但"牛棚"里的气息却是息息相通的，闭着眼睛也能想象出来。

还是不久以前，从一位朋友口中，听到了他的一件"轶事"。那是在"干校"里发生的。他和另一个人同抬一筐饲料，路经一条垄沟，失足跌了进去。连忙爬起，身上的棉衣已经湿透，眼镜也失落了。赶回宿舍换了衣服，又慢慢摸回去，摸下垄沟，在烂泥里摸，摸来摸去，还是没有，后来水退了，发现眼镜却平安地睡在沟边的草地上。

当我听着他这个真实的故事时，我仿佛亲眼看见他那缓慢移动着的身影，看见他那覆满银发的头在芦苇丛中出没……我没有话，也不想再去打听另外的故事，这已经够了。

这中间我又听到了萧珊去世的消息。我连去吊唁、送葬的奢望也没有，在当时，这似乎是只有在小说《镜花缘》中才会出现的幻想。何况我听到消息时事情已经过去了许久。

又过了好一些日子，我陪从北京来的一个画家朋友去访问了巴金。画家是接受了他的一个亲戚长辈，也是巴金的老朋友的嘱托，走过上海时代他问候。更重要的是要亲自看看巴金本人，听听他亲口说的话，哪怕是几句平平淡淡的话也罢。那时候，传说那么多，人们有时就不能不求助于更为原始的手段。

那时要去看望巴金也很不容易，好像要通过什么关系。这都是那位画家去经办的。在约定了时间以后，我随他去了，这是过了七年以后我第一次看见巴金，就在那一次，我发现他的头发完全白了。

他当时只能使用原来是客厅的一间房间，吃饭、睡觉、做事、会客都在那里。贴墙的一排大书橱也还在，但却封着。那位画家朋友是以机智风趣著名的，这时却变得蠢笨了，我自己就更不必说，我很不满意自己。

我们只坐了不多时候，大约吸了两支烟以后就告辞了。走到马路上以后，我却有着如释重负似的满意心情。原来的担心解除了。我发现他的身体更主要的是精神，还是老样子。他完全没有被压垮，用"四人帮"的语言来说，这个"毒瘤"完全没有被"化掉"的迹象。他十分坚强。他告诉我他在译赫尔岑的书，已经完成了第一部，改好以后准备自己好好抄一部清稿，保存起来。他没有提到出版，只是笑了笑。我记起很久以前他对我说过，赫尔岑的《一个家庭的戏剧》是他自己最满意的一本翻译。他现在继续翻译这本厚书，完全不带排遣余年那种消极颓废的情绪，这在当时那些阴晦的日子里，原是许多老人或多或少都有的心情。我用不着对自己不满，其实用不着说什么多余的废话，我已经获得了满意的回答。

又过了两年。1976 年 10 月下旬的一天，在挤满了欢乐人群的淮海路上我又看见了巴金。他站在襄阳公园转角处，仰头在看一张高高贴在墙上的大字报。这次我没有踌躇，在他背上拍了一下，叫了他："你好！""你好！"

这就是全部的对话了。我发现他显得年轻，也许是他那天戴了一顶帽子，遮住了头发的缘故。他终于亲眼看到了"四人帮"的灭亡。

现代中国史上，充满严酷斗争和胜利欢悦的不平凡的一页，终于揭过去了。

近两年间，在祖国的大地上，发生了许多使人民高兴的事。除了使大家都感到高兴的大事之外，每人也都各有一些自己感到高兴的小事。现在，又有可能时时到巴金那里去喝茶、谈天就使我感到十分高兴。

虽然现在得不到多少人承认了，我还不能忘记我曾经是一个记者。记者有记者的习惯，或积习，总想使自己的见闻使大家也都知道，明白。下面是一些最近在巴金那里的见闻，也自然都是些小事。

有一次我走去谈天，一见面巴金就告诉我，刚刚检查了身体，心、肺……全身都没有什么毛病，看得出他是很高兴的。我知道，最近他公开作过承诺："写到八十岁我有把握。"他的高兴是有理由的。

又有一次，我走去时他正有客人。过了一会我看见他送了两位解放军出去了。这是二十多年前他在朝鲜战场上结识的战友。最近他的客人很多，大半是过去没有见过面的，有些还是从国外来的。有一次，他拔去了几颗牙齿，不好说话，谢绝了一次访问。不料从美洲来的华侨说，不要紧，并不需要他说话，只要看见他就行。

每次邮递员来时总给他带来一大堆书报信件。他习惯地把眼镜推到额上，一封封地打开来看。一边看一边说，实在应付不了这许多来信，得找个人来帮忙了。有的读者还寄了厚厚的稿子来。一次，他从枕头下面取出一封厚厚的信，告诉我这是一个日本读者寄来的。这个素不相识的日本朋友细读了他的不少作品，把自己的意见写信告诉他。他抽出信来翻出一段读给我听，是分析他的作品的主题思想的。听得出来，这不是一个职业的文学评论者；但也听得出，这封厚厚的信是真诚的，是经过认真思考以后写下的。

一个作家可以比作一棵树，植根愈深，根系铺展得愈广，树身就生长得愈粗壮，枝叶也更繁茂。这是很浅显也很正确的道理。"四人帮"一伙对许多作家的残酷迫害，最凶狠的一手就是企图把树根斩断，这是从根本上毁灭一个作家的有效方法。从巴金自己和许多受过迫害的作家的大量控诉中可以明显地看出这个事实。"四人帮"还刮过多次"台风"，有些树被连根拔掉了，有些被吹得东倒西歪，不成样子。但多数躯干生得正，根扎得深的树终于存活下来了。他们又从人民那里源源不绝地得到滋养，千万条稚弱但生命力极强的根须又很快地铺展开来，于是老树的枝叶也日复一日发生了新的变化。我从巴金身上看到了这个事实。他阅读那些不相识的读者寄来的信时，我注意他面部的变化，这里有欢喜，有激动……我产生了一种植物学家在显微镜下观察植物根系吸取水分、营养时的感觉。

巴金是恢复了他的青春的，证据是他从1977年5月以来写得不少。还没有一个重新拿起笔来的老作家能与他相比。他是勤奋的，他说出了一些很好的意见。说这些意见好，是因为这是出自一个真诚的，勇敢的，关心我们伟大的社会主义祖国的命运、人民的命运的作家之口的。

衷心祝愿老树开出茂密馥郁的繁花。

1978 年秋

思　索

　　巴金最近陆续发表了他的《随想录》，这在读者中间引起了强烈的反响。我并没做过什么调查，有关《随想录》的文章也只读过有限的几篇，我这样说自然也有我的根据。经过十年浩劫，在重新拿起笔来的老作家当中，他是工作得最勤奋的一个。他有个写作的"五年计划"，这是个雄心勃勃的计划，其中就包括有五本《随想录》。照他自己的意思，这将是他生活中探索的结果。这种探索是认真的，表达得是坦率的。他说的是真话，是经过考虑以后的真实思想。正如他自己所说，是交给读者的"思想汇报"，他实践着自己的诺言，把自己的心交给了读者。因此，我相信，读者也必然会以真诚的感情回报作家。

　　我曾经说过，《随想录》是一本真实的书，又是一本悲壮的书。我当时这样说，还不免有些踌躇，因此我说自己有的是一种"奇异的感觉"。我一直在思索、寻找产生这种"奇异的感觉"的因由。

　　我认识巴金很晚，是在 1945 年的重庆。当时他正在写十四卷文集中最后一部小说《寒夜》，不久以后就丢开了他那支"写惯了黑暗的旧笔"。我是带着紧张、崇敬的心情第一次去拜见这位在青年中有广泛影响的文坛前辈的。我这个刚走进社会的年轻记者事前曾做过仔细的准备，应该对他说些什么，又可能从他那里听到些什么，都考虑过、推测过，还预备了钢笔和笔记本做记录。可是这一切都没有用上。我们的交谈一共也不过十来分钟，内容到今天是一点也记不起了。我发现巴金并不是我想象中那样的大人物，他也还年青、朴实、真诚，讲起话来好像有些口吃，常常用善意的微笑补足语言的不足。我感到有点失望，但也得到满足。温习得很好的记者功夫没有得到运用的机会，不过却得到了一次很好的访问印象，一直保留到今天，说明它是深刻的。此外，我还清楚地记得重庆民国路文化生活出版社门市部那间临街的小房间，那些简单的半旧家具，他和萧珊婚后当时就住在那里。

　　1946 年在上海，巴金做着翻译和文学编辑出版的工作，主持着文化生活出版社的编务，住在他哥哥李林曾经住过的霞飞坊旧居里。我就像过去经常到李林先生（他是我中学里的老师）那里去一样，常常到霞飞坊去。他家里经常有不少客人，都随便地坐在二楼的客厅里。主人却常常一个人躲在三楼，只有来了稀客或吃饭，才慢慢走下楼来。天气很冷的时候也只在身上披一件夹大衣，手里总是拿着一本书，有时嘴里还在轻声地读着。他那时刚出版了斯特姆《蜂湖》的译本，大概是在读着德文的原本。

巴金说过："我不善于讲话，也不习惯发表演说。"这是确实的。我就不记得他对我讲过什么理论，文学上的事情也讲得很简单、很少。我照例得到文化生活出版社新印的每一本书，包括他自己的译作。看到一本新书印成，是真正使人高兴的事情。当时我在报社里当记者，每天要写许多各种样式的文字，他也从来没有对我说过什么意见。后来报纸被封门，我也失了业。他就把这些文章要去，选了一下，印成了一本小书；又建议我翻译冈查洛夫和屠格涅夫的小说，Garnett 夫人译本也是他借给我的。我偶然走上文学道路，就是这样开始的。对这样一位在前面引路的前辈的帮助，我一直怀着感激的心情。当时人们生活、工作的方向都很明确，对那个旧社会、旧制度，大家早已取得了一致的意见，用不着进行什么多余的议论了。只要努力工作，在不同的岗位上，使用不同的武器，用不同方式努力加速它的灭亡就是。巴金在二十年中写下的十四卷文集就是这种一贯努力的证据。最近他在日本京都对日本朋友的一次讲话中说："我的敌人是什么呢？我说过，'一切旧的传统观念，一切阻止社会进步和人性发展的不合理制度，一切摧残爱的势力，它们都是我最大的敌人。我所有的作品都是写来控诉、揭露、攻击这些敌人的。'"情况正是这样。读者可以从他的作品了解他的思想，他用不着在口头重复。他的拙于言辞并不是经常沉默的唯一的原因。

　　三十一年前上海解放的那一天下午，我陪他到文化生活出版社去看有没有受到什么损失，然后就走到大马路上去看解放军入城，后来，又到过山东、苏北的老根据地进行慰问。1952 年，他从朝鲜前方回国度假，萧珊从上海赶到北京去看他。在这几次不同场合我都留心观察过他，发现他开始变了，话开始多起来，有时会唠叨地反复地说着什么，就像一个大孩子似的。这段时期他写了不少散文，歌颂伟大的祖国、歌颂志愿军英雄……他的感情是真诚的。他在《燀火集》的序里在提到这些文字时表示了他的信心："我至少比有些人更爱我们的时代，更爱我们的生活，更爱我们的国家。"这是他 1978 年底说的话，是经过了严峻的锻炼、考验以后说的，也是合乎事实的。

　　从 20 世纪 50 年代后期开始，我到农村去住过很长一段时期，很久没有到他家里去访问。1961 年一个秋天的下午，偶然在淮海路的国泰戏院门口遇见他。他从很远的地方发现了我，赶过来对我讲了几句话，我记得其中有一句的大意是，"今后一切都会和过去一样的"。我没有说什么，只是感谢了他的好意。看得出，他对当时的某些社会现象是有些迷惘的，不过他还是有着充足的信心。他所说的"和过去一样"，自然是指过去那样的生活和工作，他不喜欢人们陷于绝望，不，他受不了这个，这就是他要说那句话的原因。他绝不会猜到，在几年以后，这句话会被某些人解释为"复辟""复旧"的同义语。我只有为他的善良、天真、激情而感动、惭愧。

不久，在上海的第二次文代会上，他作了那个著名的发言，说了几句自己的心里话。发言后在会场外面的草地上休息时，我曾向他表示了自己的担心，随后就为自己感到异常的惭愧。论年龄、论经历，提出这种心有余悸、谨小慎微的意见的应该是他而不是我。正直、勇敢这些美好品质在他身上发出的光闪，不能不使我感到异常的惭愧了。

这以后就是那史无前例的十年。不用说，交往是完全断绝了，我只能从报纸上、墙头的标语和大字报上看到有关他的"消息"，并根据常识推测他的处境。有时也偶然从电车上看到他一个人慢慢地向作家协会机关走去的身影。终于在1975年的一天，我陪了一位画家一起到他家去探望了他。那时正是他被落实了"不戴帽子的反革命"的"政策"之后。我发现了他的满头白发，同时又发现，他的话少得多了，只是平静地叙述着一些事情，包括萧珊的死。我不想，但不能不提起这个。因为进门后坐下就看见了放在墙角一只小书桌上的萧珊的照片。

他的话又变得很少了。但我发现他在平静地叙述着一些使人痛苦的事情时，眼睛里仍然闪烁着热情、机智的光。知道他仍旧在做着翻译工作时，我感到安心。我知道他没有垮掉，他有可能挺过来，虽然当时谁都说不出这黎明前的黑暗还会延续多久。

坚定、明确、无可怀疑的生活信念和工作目标，是人类赖以生存的精神支柱，谁有了它就有了幸福。在这种信念面前，任何人间的艰难困苦都没有什么可怕的，都阻止不了人类的前进。最凶狠的敌人最残忍的手段就是搞乱、混淆，最后完全破坏掉人们的信念，这样就破坏了人们的神经中枢，使之始而迷惘，终于昏乱，乖乖地跟着他们进行反革命的大破坏。这处看似虚无的"伟大事业"在十年浩劫中竟在一定程度上获得了成功，不能不说是一件"人间奇迹"。保持着或恢复了清醒的头脑的人们起初是沉默，接着就开始了思索（或探索），人们的唯一目的就是重新树立起被敌人破坏殆尽的信念。巴金在京都的一次讲话中说：

我认为那十年浩劫在人类历史上是一件大事。不仅和我们有关，我看和全体人类都有关。要是它当时不在中国发生，它以后也会在别处发生。

我们遭逢了不幸，可是别的国家的朋友免
掉了灾难。

这是他最近常常讲到的话题，见面时总要提起。好
像他终于又从沉默的状态中挣扎了出来，有许多话，用
不着提问，他自己也会反复地讲。这是老作家思想活跃
的表现，他在考虑许多问题，企图重新树立自己的信念。
他努力想从那场噩梦中挣扎出来，他痛苦地解剖自己：
"我自己仿佛受了催眠一样变得多么幼稚，多么愚蠢，甚
至把残酷、荒唐当作严肃、正确。"他讲到当他终于发现
这是一场大骗局以后的幻灭、痛苦，他说这是一笔心灵
上的欠债，决心一定要从解剖自己开始，弄清一切，作
出总结。

难道这是哗众取宠么？是不着边际的空想么？难道
这只是伟大的政治家和哲学家才该考虑的问题么？难道
这里说的只是在遥远的未来才有可能出现或重复发生的
事么？难道这不正是每一个想把祖国建设成人间乐园的
中国人都应该严肃考虑的问题么？

在巴金的写作计划里有两部长篇。我想《随想录》
可能就是作者在长篇构思中思考材料的记录，不弄清这
一切是很难进行形象化的工作的。我问过他长篇的进展
情况，他没有具体回答，只是说，也许写好后要等将来
发表吧。

　　从自己在十年浩劫中的痛苦经验想起，想到美国影片《未来世界》里的机器人，想到"长官意志"……这是一连串孤立的现象，但它们彼此之间是有联系的。当它们最后联结在一起的时候，就可能出现大灾难。他在谈到这些问题的时候举的都是自己亲身经历的例子。他曾经奉命"批判"过明明知道不该批判的人和事，他曾按照编辑的"意志"写过注定写不好的报道，还产生过"过去所作所为全是个人奋斗，为自己，现在能照刊物的需要办事，就是开始为人民服务"这样的古怪想法，他曾奉命发扬民主，在一次会议发言中讲了几句自己的话，结果成为后来自报"罪行"时从不忘记的一条"反党罪行"。在一定意义上说，这都是在不同时期各种不同"长官意志"的产物。巴金说，"我没有理由盲目反对任何长官的意志，可是我无法按照别人的意志写作，哪怕是长官的意志。"他还在一篇谈到春蚕的文章中说："但是到现在为止蚕只能吐自己的丝，即使是很有本领的现代化养蚕人吧，他也不见得能叫蚕替他吐丝。"

　　关于"长官意志"，一直到最近还在讨论。有人认为，哪里有没有意志的长官呢？难道长官就没有正确的意志么？也有的人指出赞成"长官意志"说法的人错就错在不把自己看作人民的仆却自居"长官"而不疑。其实我看这也并非关键所在。"名者，实之宾也"，招牌并不是起决定作用的事物。江青不是曾自称还不如一个

"小小老百姓"吗，但那实际又怎样呢？我相信，利用电子计算机进行写作是有可能实现的，但产生的"作品"大概将和"四人帮"走卒"反击右倾翻案风"一类的大作相差不远。有人就说过，只要换上不同的政治标签和名字，"作品"无论什么时候都可以摆在书店的架子上，这也确是实情。在他们看来，到了这样的时候，作家协会里大概都摆着一排不同功率的电子计算机，此外，就是一些操纵手。这样的机器，无论技巧还是效率都可能是高的。不过巴金却说，"但是对那些装腔作势、信口开河、把死的说成活的、把黑的说成红的这样一种文章我十分讨厌。即使它们用技巧'武装到牙齿'，它们也不过是文章骗子或者骗子文章。这种文章我看得太多了！"

这一节话是他在提到多少年前和一位朋友就文学技巧问题进行争辩时说的。巴金说："我认为打动人心的还是作品中所反映的生活和主人公的命运。"因此他又说，"我想来想去的只是一个问题：怎样生活得更好，或者怎样做一个更好的人，或者怎样对国家、对社会、对人民有贡献。"他对日本朋友谈话时也说，"首先我要使自己变得善良些、纯洁些，对别人有用些。"

这自然是一些平淡无奇的话，在有些聪明人看来就是如此。又例如，巴金甚至说过："艺术的最高境界是真实，是自然，是无技巧。"这样的意见在许多聪明人看来，恐怕也是不能同意的。但这并不妨碍有人同意这些意见，经过实践的证明，他指出的可能正是一条走得通的路。老作家重新开始的勇敢、认真的探索，是应该使比他年轻得多的后辈感到惭愧的。我想，也许正是为了这才产生了那种"奇异的感觉"。

1980 年 5 月 27 日

关于巴金的事情

一

　　这是朋友 F 出给我的题目，已经好几年了，可是一直踌躇着不敢下笔。我感谢朋友对我的信任，可是自己知道要做好这个工作是不容易的，没有把握。作为一个后辈，我对巴金的了解实在不多。记得有一次在他家里谈天，一位客人提出要我写点什么有关他的东西，我觉得有点惶恐，就声明我对他的了解实在太少，我举出的理由是，巴金曾说过"在中国作家中我受西方作品的影响比较深"，可是在这方面，我的知识却非常贫乏，不懂的东西太多了。不料他听了哈哈笑道，"你弄的那些东西我也不懂"。这就使我更为尴尬。其实我只是想顺手找一个理由来推掉，并没有除此以外对他就有足够了解的意思。但他的话也给了我一种启示，即使如此，知道多少就谈多少，懂得什么就讲什么，问题还是不难解决的。不过实在的困难也正在这里。有一部古书上讲过做文章的"秘诀"就在"趋"与"避"两个字。懂得了这一点天下就不再有难做的文章。这实在是经验之谈。应该怎么说就跟着人家一起说，不该说或不能说的就避开不说。这正是一条写作的坦平大道。但是困难恰好在这里出现。应该说可以说的人家已经说了许多，用不着再来画蛇添足；不该说的呢旁人倒少有说及，但我真的就能很好地一一说出来么？看来一切都是可疑的。总之，没有勇气是不行的。

我确实相信，要真正了解一位作家，最好的办法是去读他的作品，尽可能全面完整地读。我尝试过用这办法来从头读巴金的书，从近作开始。在阅读过程中自然会记起许多旧事、谈话。开始时是高兴的，以为到底摸到了门路，可是随即又感到了茫然。从纷繁的线索中很难理出一个头绪。正如海边的居民，日日面对大海生活，对那一碧无垠的海水波浪与涛声都熟悉、惯常了，但对大海本身却还是摸不透，还只是一个茫然。

可以举一个例子。在已经出版的四本《随想录》里，他在很多地方谈到了"文化大革命"，照他自己的说法这也许是"老年人翻来覆去的唠叨"。从第一篇《说"望乡"》开始，一直谈到第一百二十五篇，看来今后还要说下去。可以说他是从"文化大革命"还是个"禁区"时开始，一直说到彻底否定"文革"……他在谈论"文化大革命"时，还常常接触到"文革"以前的许多事情。"老年人的唠叨"是讨人厌的，早就有人提出不同的意见来了。可是为什么会发生这种情况呢？

我觉得只将"文革"看作那荒谬绝伦的"十年"，总不免是过于天真的想法。正如我们站在长江大桥的中腰，俯视江水，遥望江天，无论是赏心悦目还是惊心骇目，以为"叹观止矣"，终于还是"短视"的。因为他忘记了怎样一步步走上桥头，也没有想到还得一步步走下桥去。前后的"引桥"比起桥身来好像还要长一些。对于这样的问题，一个科学家或一个文学家、哲学家都会做出不同的答案。

巴金最近在一篇"随想"里谈到了他与杂文家林放之间的交往，提到林放因为写了一篇"江东子弟"的杂文随即接到了恐吓电话的事。这件"小事"就足以说明我们目前还在"引桥"上慢慢地往下走，路还远远没有走完。"大写十三年"的故事也是随想录里曾经提到过的，那是1963年的事情，谁都看得出这个口号与"文化大革命"的关系，是一个"信号"，可是不久前还有人站出来为之辩解，说口号还是正确的。在提出彻底否定"文革"的时候，"三七开"的议论也重新搬了出来。与"江东子弟"的无头电话不同，这些议论都是堂皇地出现的，被看作一种"革命化"的内容出现的。这都不是梦话，是现实的生活。只有明白这一切，才能理解他"老人的唠叨"，才能明白，不是他揪住"文革"不放，实际上到今天"文革"还在揪人。

巴金是想认真弄清"文革"的来龙去脉，取得经验，使我们有可能不让这种"浩劫"再度发生。他为自己规定了几条，即使是身历其境，身受其害的人，如果不肯深挖自己的灵魂，不愿暴露自己的丑态，就不可能真正理解这个"十年浩劫"。他写《随想录》，就是在不断地挖掘自己的灵魂，挖得越深、越痛，也愈困难。"探索"的结果是说出了"真话"，同时也用实践表现了一个作家的勇气与责任心。

巴金的自我解剖，并不只是个人的事业。在几册《随想录》前面都附有插图，是作者在不同时期留下的生活照片，有许多轻松地带着笑容，也有一两幅是在沉默思索。就从照片上也可以看出他在不同时期的精神状态。说明这几年的路并不是平静地走过来的，解剖自己也不是关在实验室里的科研工作。他为《序跋集》写的序文中有一节描写"风"的话，我觉得写得好。他写出了某些时期知识分子的精神状态。写法是隐喻性的，这是一种在特定条件下写出真实来的文学方法。他说，当风开始刮起来的时候："我看见很多人朝着一个方向跑，或者挤成一堆，才知道刮起风来了。""大块噫气"是自然界的风，在社会上，伴随着风起来的则是各种样式的叽叽喳喳，也正是这叽叽喳喳造成了风的声势。这就使人们记起了才过去不久的十年以及十年以前的岁月。人们在这种刮风的季节里过得够久了，积累了经验也留下了后遗症。巴金说他过去在一个很长时期里很怕风，但终于见了世面，而且活了下来，直到今天，他还不能断言从此不怕风，"不过我也绝不是笔记小说里那种随风飘荡的游魂"。

这些话说得很沉痛也很坚决。使我联想起曾经议论过一阵子的"看破红尘"。人们在曾经沧海之后是很容易"看破红尘"的。不过看破以后却有两条不同的道路可走，有人到深山里学道去了，有人却更勇敢地向红尘里大踏步走去。同样是"看破"，但结论却不同。

巴金多次说过，不少人劝他关起门来安度晚年，不要再写文章，再说话，享受由"相安"取得的好处。可是这办不到，即使每天只能艰难地写一两百个字，而且字越写越小，可是怎样也不肯放下笔来。这是一种什么样的性格啊！

1983年的秋天他在西湖边上住了一段日子。虽然行动不便，不能有太多的活动，更多的时间只是留在旅馆的房间里，可是看得出他的精神是松弛下来了，飓风已经过去，天空出现了暂时的平静。他还到鲁迅先生的故乡绍兴去过一次，他有一张百草园中的照片，挂着杖的老人脸上浮出的是欣快的笑。在游禹陵时，他还拖着病腿挣扎着爬到竖有"大禹陵"的碑亭前面。这是几年来难得的一段平静舒心的日子。可就在杭州的旅馆里又吹来了风，接着就是隐隐的雷声。一场大风暴眼看着就要起来了。

在以后他住院的日子里，我有时候去看他，也只是随意说笑，并没有谁谈起那阵风暴，可是风暴时时压在心头，摆脱不掉，因此连谈笑也带上了勉强的性质。风暴来得很快，去得并不爽利，绝没有自然界雨过天晴那样干脆。

有一天正在他的病房里坐着，有一位"大人物"推门而入了。他是来探病的，交换了几句普通的问答以后，大人物说，"我看你还是好好地休息，以后不要再写了。"说完就告辞出去，仿佛特来看病，就是为了说出这两句"忠告"似的。

这是我碰巧遇上的一次，他当然还受到过别的人的"忠告"，总之不外是希望他"安度晚年"的意思。而这一点，他也早在"随想"中表示了明确的态度。

二

《寒夜》上演很久了。影片是在重庆拍摄的，故事主要在一所楼房里进行，这本来应该是文化生活出版社所在的那座楼房，可是原址已经没有了，导演在"水巷子"

里找到了近似的场景。那可是另外一处地方。风格、情调与民国路完全不同的地方。

不过影片的效果还是好的，仿佛使我又回到了抗战中的重庆。民国路是一条热闹的马路，前街就是繁华的大道，穿过一个十字路口，可以看见许多小吃摊子，担担面，抄手……一副担子就是一个单位，密密麻麻地分布在街道两侧，使路面都显得狭窄了。在摊子的背后有冷酒馆，当时重庆，还有桂林……都宣布过一种禁令，酒店里不许卖热菜，菜馆里不许卖酒，说是为了厉行节约。不过这也难不倒酒馆的老板，冷菜就冷菜罢，照样还是拿得出那么多花样，就和用来盛不同等级酒水的多种瓷碗、玻璃杯……一样。左转上坡，有一家戏院，远远就能听到川戏乐器奏出的凄厉的高音。在喧闹的市声中我感到的却是一种难堪的萧寂，这是很奇怪的，大概和我当时的漂泊心情有关。

1945年我在民国路上找到了文化生活出版社，第一次看见了巴金。

离开上海的时候，老师李尧林交给我一封信，说有困难时可以去找他住在重庆的弟弟。不过我并不是为了解决困难来的，我非常希望看到自己敬重的作家。几年前在天津，一次听说巴金来了，就住在尧林先生的宿舍里，可是终于没有勇气闯进去看一眼，失却了机会。孤岛时期巴金躲在霞飞坊写书，他也没有给我引见过，我也没有提出过要求。这次依旧是带着惴惴的心，壮着胆子去的。我看到的是一位朴实的人，虽已不是青年，但仍旧带着青年人的神色，和我从他的小说中认识的那些青年人没有什么两样。他的话很少，只是从眼睛里流露出一种同样熟悉的热情。好像很想和我说些什么，可是又说不出什么。

文化生活出版社只有楼下临街的一间房子，很小，杂乱地安放着几只写字台，大概编辑、发行的事都是在这里办的，里面还有一间更小的小屋，是巴金和新婚夫人的住处。那一次我没有见到萧珊。

我交出了尧林先生的信，说了些他在上海的生活情况，没有坐多久就告辞了。

这以后我大概又去过一两次文化生活出版社。我将几篇旅行记请他拿给《旅行杂志》发表，他还帮助我卖掉了一件大衣，是托他在沙坪坝的朋友开的寄售行卖出的。这样，在写作和生活上就都得到他的帮助。到了重庆以后，续学的问题没有解决，还没有得到学校的承认，生活上也是窘迫的。这使我产生了一种孤愤暗晦的心情，就和重庆的天气一样。

转过年来的初夏，我到了桂林。那已是湘桂大撤退的前夕，在一个飘着细雨的下午我在桂林街头徘徊，又找到了文化生活出版社，但他已经离去了。

后来在印度接到过一封信，告诉我《锦帆集》已由他编好付印的消息。这是我的第一本散文集子。

1946年夏，我从重庆回到上海，到霞飞坊59号去访问，又见到巴金和萧珊。从这时起，我成为他们家里的常客。尧林先生已经过世。他们就住在他生前住的那间房子里。过去尧林先生和巴金同住的时候，他自己是住在亭子间里的。这间三楼工作室临窗放着一只书桌，过去我看见过的井井有条的书桌，在巴金住下以后就立即变得零乱，书籍、纸张、报刊胡乱地叠得像小山似的。书桌后面是一张床，床后面三分之二地方排成了用书架组成的方阵。书架是漆成黑色的，玻璃橱门后面糊着报纸，已经发黄变脆了。我在这书橱组成的"方阵"里走过，那是只能容一个人侧身挨过去的。我不知道书架里放着些什么书。

亭子间里也排满了同样的书架，只留下很小一块地方安放床铺。

二楼是吃饭和会客的地方，一张圆台面以外，就是几只破旧的沙发，这就是当时我们称之为"沙龙"的地方。朋友来往是多的，大致可以分为巴金的和萧珊的朋友两个部分。不过有时界限并不那么清楚，像靳以，就是整天嘻嘻哈哈和我们这些"小字辈"混在一起的。萧珊的朋友多半是她在西南联大时的同学，这里面有年轻的诗人和小说家，好像过着困窘的日子，可是遇在一起都显得非常快乐，无所不谈，好像也并不只是谈论有关文学的事情。

巴金平常很少参加这种闲谈，他总是一个人在楼上工作。到了吃饭或来了客人时才叫他下来。到今天我还保留着一个清晰的印象，披着一件夹大衣，手里拿着一本小书，咿咿哦哦地读着，踏着有韵律的步子从楼上慢慢地踱下来，从他那浮着微笑的面颜，微醺似的神色中，可以看出他从阅读中获得的愉乐。但在当时的我看来，这情景是有点可笑的，因此就记住了。我的一个总的印象是，巴金在我们身边，可是又不在我们身边，我们就像一群孩子那样围着他喧闹，当他给孩子们分发"糖果"时，他才是活泼的、生动的。这"糖果"就是在他工作的出版社里出版的新书，这包括了他自己的著译和朋友们的新作。当将一本本签了名的新书交到朋友手中时，他表现出了最大的快乐。他说过："能够拿几本新出的书送给朋友，献给读者，我认为是莫大的快乐。"这确实是真话。

巴金写完了《寒夜》以后，一直在译书。工作勤苦，休息的时候很少。有时候向他提议，"去喝杯咖啡吧"，他说："好嘛。"这样就和萧珊带着小林一起到老大昌去坐一会。我记得大概还有一两次一起到"兰心"（现在的上海艺术剧场）去听工部局乐队的演奏。这是尧林先生多年的习惯爱好，过去我常陪他去听这个乐队的演出，每次他都是选了第八九排靠边的位子来坐的。

萧珊和我们都叫巴金"李先生""巴先生",到后期有时候萧珊也叫他"老巴";他招呼我们的时候就只叫名字,他叫起萧珊来总是用"蕴珍"的原名,常常把"珍"字拖长了来念成"枝儿",这就说明他的心情很好,接下去要说什么笑话了。

上海解放前那两年,币值暴跌,物价飞涨。巴金是靠稿费生活的,当然也受到不小的影响。可是我不记得他们有什么唉声叹气、愁眉苦脸的时候。读了他纪念顾均正先生的文章,才知道在最紧张的时候他接受过开明书店每十天十块银圆的"应变费"。我只记得有一次陪着萧珊拿着开明书店开出的期票去兑现,两人坐了三轮车从书店赶到银行,取出用小口袋装着的"法币"坐在车上毫无办法的情景。那时"大头"(银圆)好像还没有出现,如不将手头的"法币"立即变为物资,几天以后就会变成一堆废纸,那真像手里捏着一团火。可是"抢购"些什么呢,谁也不知道。就是在这样紧张尴尬的时候,萧珊依旧是高高兴兴的,仿佛是在进行一种新鲜有趣的冒险活动。

萧珊当时虽然已经做了母亲,可实在不像一个操持家务的主妇,好像仍旧处在"不识愁滋味"的状态。当然她也有皱起眉头做出苦脸的时候,但并非为了自己。在她脱掉鞋子横坐在沙发上入迷地读小说的时候,当听到自己的同学好友给人欺负了的时候,就会生气,发愁。

她会说一口不够水平的宁波腔普通话，喜欢在朋友面前一本正经地说，特别是当着北方朋友面前更是如此。如果谁要取笑她，她就生气。

她对人没有私心，有的是同情。她愿意帮助随便哪一个陷入困难的人，天真得像一个小女孩一样。她受19世纪外国文学的影响很深，说话、行事有时候就流露出这方面的影子。她喜欢写信，很美的、散文诗一样的信。听说女儿小林打算整理她和巴金的通信，真是值得高兴的事。

萧珊喜欢认识新的朋友。她听说黄宗江夫妇正借住在朋友的住宅里，有很大的花园，环境很好，就约我一起去访问。那一天她特别高兴，换上了新衣服去做客，要玩得痛快。不过看到我们拿她当作尊敬的客人接待时，她却并不满意。

1952年2月10日，巴金离开上海起程去朝鲜，国庆前后回国度假。萧珊带了小林到北京去接他，9月23日与我们结伴一起北上。第二天来到天津，车子出了故障，我们先下车。玩了半天。在起士林吃点心，到南开中学寻访尧林先生的故居，但已经毁于日军的炮火了。又到东门里、劝业场买旧书，乘当天下午车到北京，送她们到顾均正先生家。巴金是10月14日从朝鲜回来的。这以前萧珊和小林在北京玩了半个月。陪她们逛了故宫、北海、天坛，到门框胡同吃奶酪，"仿膳"吃饭，听了梅先生的《金山寺》，看到了许多同学、朋友……这半个月她玩得痛快、高兴，巴金回来后他们就同住在顾家，又几次应朋友之约吃蟹、吃饭。以上这些往事都是从我的旧日记里查到的。日记发还时已经残缺不全，还经人细细读过，划了许多红杠子，夹了许多签条，指出应该注意研究追查的各种线索，但后来却逐渐失去了兴趣，不再进行"批注"。也许这些简单频繁的记事并不怎样有趣，经过归纳、拔高，最多也不过可以得出"资产阶级生活方式"的"定论"，这也实在过于平淡无奇了。不过读了这些旧日记，倒真能引起许多往事的回忆，记起萧珊怎样迫不及待地要赶到北京去接离开了八个月的亲人和她们重逢时的欢乐。

萧珊是忍受不了寂寞的，她爱朋友、爱热闹，喜欢在生活里有更多的光明和欢笑。她译普希金和屠格涅夫的小说，译得很美，带有她个人的风格。翻译是困难的工作，有人提出过这样的要求，要能保留原作的风格才算是好的译品，我却一直没有读到过这样的名译。做不到这一点，能在译本中表现出译者自己的独特风格也算得是一种有创造性的上等作品。鲁迅先生译的《死魂灵》就是例证。

萧珊后来请求到《上海文学》去做义务编辑，还参加过"四清"工作组，看来都是她的不肯安于"寂寞"的性格表现。不过这又有什么值得责难的呢？只是她的善良、天真与长期来生活环境中养成的作风、习惯与现实生活矛盾不少，一旦碰到"文化大革命"这样史无前例的大动乱，她是必然无法抵御的。1966年后我已经完全断绝了与巴金家庭的来往，不过也时时想起，担心萧珊怎么能挨得过这样残酷的考验。我听说过在淮海路上贴出了批判巴金的大字报专栏，可是一直鼓不起去看一下的勇气，连参观全市电视广播批斗巴金大会的"光荣"也一次都没有过。等我知道萧珊病逝的消息，那已经在两年以后了。

请巴金写字

巴金很少写毛笔字，不过我手里有他写于40年代的几封旧信却是用毛笔写在土纸信笺上的。他说过，抗战中他总是在行李包里带着一小支毛笔和一块墨，不论走到什么地方，也无论是怎样简陋的旅馆，茶碗总是有的，只要翻过来在粗瓷底座上磨起墨来，就立即可以写字了，比自来水笔要方便得多。

巴金写的毛笔字和钢笔字差不多，可以想象他使用毛笔和钢笔一样。他说过"我不是书法家"，前两年谈天时，他还常为许多人请他题字而感到苦恼。我想这也不是因为字写得不好，只是觉得很无聊。自从今年他宣布了"三不主义"以后，大约情况要好得多了。

巴金的不喜欢题词和不喜欢照相大约是出于同一种心情。不过这后一点，他最近可是让步多了。无论谁拿出了照相机，他总是毫无意见地任人拍照，甚至还顺从地听任摄影家摆布，移动着位置……只是对题词一事，却一直坚持地抗拒着。前些时在一篇《随想录》里，他记下了怎样推谢过李健吾的要求，并流露了对这种固执的遗憾心情。李健吾的两册评论集、戏剧集，就是巴金写的书名，不过用的是钢笔。

八十二岁的老人写字是越来越困难了。每次他取出一本新书，摸出钢笔，用颤动着不听话的手缓慢地签着自己的名字时，坐在一边的我总觉得时间过得特别长。

可是我已经幸运地得到了一张他的墨笔手迹。那是四十年前的事了，在上海霞飞坊他的家里，我请他和靳以各写一张字。靳以的毛笔字写得漂亮，平明出版社有许多书的封面都是请他写的，如汝龙译的《契诃夫小说集》有好几十本，一色都是靳以的手笔。靳以也喜欢写字，对我的要求爽快答应了。巴金也没有拒绝，不过他嘲笑过这是"风雅"的行径，但到底还是写了。他实在是很宽容的。

他没有像雅人一样写下别人或自己的一首诗，他写下的是邵可侣的《大地理》序中的一节话。

我喜欢读这一节话，觉得像一首散文诗。

我喜欢读巴金翻译的东西，他有他自己的风格，字句好像流水一样从他的笔下倾泻出来，不过并不是没有一点涟漪、一点波澜的小河，它有自己的韵律、风致。表面的平淡蕴含着应该从原文中保留下来的一切重要的质素，值得仔细咀嚼吟味。

好多年前我问过他，中国最好的文学翻译作品是哪一部，他回答说是鲁迅先生译的《死魂灵》。我又问他："你自己的呢？""是克鲁泡特金的自传。"

现在这部自传已经重印了，书店还给他编了一套翻译作品集，收进了赫尔岑的《家庭的戏剧》等十部译文。这是值得高兴的事。

琐记——和巴金在一起的日子

五十三年前巴金给我写过一张字，是用毛笔写在荣宝斋诗笺上的，邵可侣《大地理》序中的一段话：

> 我无论到什么地方，我都觉得好像在我自己家里一样，在我的国土里一样，在我的同胞、我的弟兄中间一样。我从没有让我的感情征服了我自己，支配着我的只有那个同胞爱的感情……

当时，我为《文汇报》编副刊"浮世绘"，设计了一个专栏，请文化界人士写字，准备陆续刊出。我买了几匣荣宝斋彩色诗笺，留给在北平的吴晗一盒，请他就近请人写字；在上海就从巴金和靳以开始，缠着他们动笔。巴金好像不大赞成这种"风雅"行径，但到底还是同意了。别的人写的大抵是一首诗，他写的则是上面一段话。

他说过，他译书，总是选自己喜欢的、同意的作品才动手。是借别人的口讲自己的心里话，那么，邵可侣的这些话，一定是他欣赏的，他自己心里的话。

当时巴金住在霞飞坊（今淮海坊），他家来往的朋友多，简直就像一座文艺沙龙。女主人萧珊殷勤好客，那间二楼起座室总是有不断的客人。那可不是一个小圈子而是大圈子，这从他主编的"文学丛刊"十集的作者群可以看出。我就在这儿抓住过胡风，也给我写过一张字，可惜十年动乱中我收集的一大批墨迹被抄没了，发还时只剩下三分之一左右，胡风写的一张理所当然的没有了。

在我的印象里，巴金不大参加朋友们的嬉笑、争论，他总是一个人在三楼的卧室里工作。到了吃饭时，才被叫下来。披着一件人字呢夹大衣，手里拿着一本书，嘴里念着德文，一面慢慢地从楼梯上踱下来。那时他正在译斯托姆的《迟开的蔷薇》。

住在他们隔壁的是许广平，住得近的则是陈西禾和顾均正。和靳以一样，都是常来夜谈的客人。有些老朋友如吴朗西、朱洗，也有时来。巴金和他们常有争论，有时候辩论得很激烈，我枯坐一旁，始终听不懂他们在讨论什么。萧珊有许多西南联大的同学，如汪曾祺、查良铮、刘北汜，也不时来坐。谈天迟了，就留下吃晚饭，有时到近旁的美心去叫葱油鸡来添菜。有时陪他们夫妇去吃咖啡，总是在附近国泰电影院斜对过的老大昌，而不肯多走几步去 DD'S，虽然那里的咖啡要好得多，因为老大昌的老板过去曾是萧珊家里的旧人。也常去看电影，不过巴金很少同去，总是由我们一些年轻人陪了萧珊前往。靳以就说我们是萧珊的卫星。

中华人民共和国成立前夕，国民党政府抛出了金圆券，一时物价飞涨，早晚市价不同。巴金是靠开明书店的版税过活的，收到的是期票，不能不赶快处理。一次我陪萧珊去取版税，拿到期票以后就赶到金城银行，从诗人王辛笛那里换得现款后，坐在三轮车上捧着一袋纸币踌躇无计，只能胡乱买一些日用杂物回来。后来开明书店改变办法，每月发给应变费银圆（即所谓"大头"）二十枚，一直维持到解放。

写完《寒夜》以后，巴金就没有再写小说，他主要的工作是翻译，同时忙着文化生活出版社的编务。他在编辑上花费了大量的时间和精力。举一个小例子，我的散文集《锦帆集外》为他编入"文学丛刊"第九集，发排以后取归原稿，看到在草率零碎的底稿上几乎布满了他用红墨水校订的笔迹。我习惯用的"里"字都为他一一改成"裏"字。看了不能不使我惶愧，深深体会到在前辈提掖下蹒跚前进的温暖与感激。《集外》本来有好几篇杂文，为他删了。他说，情感的表露要适当地控制才好。这是指那些闲情之作说的。

最使他愉快的是将新刊的著译送给朋友。每次到霞飞坊好像都能带回几册新书，他自己的和朋友的。手边有一本厚道林纸印精装黑绸面烫金的美丽的小书，《溪山集》，中有我写下的题记：

> 溪山集一册，初版精装。陆蠡先生亲自装订，未及赠人，亦未发售。即《竹刀》也。文学丛刊第五集只此册有精装。三十六年五月廿三日傍晚，访巴金先生于文化生活社，适检出此书若干册，以其一相赠。归来后雨窗题记。

这是陆圣泉的遗著，他就是在社里被日本宪兵带走，终于死在魔掌之下的。

《溪山集》虽用米色厚道林纸印，因册子薄，却也恰好。萧珊译成了《初恋》，想印精装本。正好我印《旧戏新谈》剩下些做封面用的厚道林，就拿来给她。巴金说纸太厚印了不好看，和她争执了几句。这是仅有的一次看他们夫妇争论。巴先生一向不责备后辈。只是有一次谈天，说到老舍自沉，我说只因老舍中华人民共和国成立后一帆风顺，没吃过大苦头，所以"文化大革命"一来，就挺不住了。不像我们这些跌爬滚打过来的人，禁得住摔打。巴金放下脸来向我说："你吹牛！"这是难得的一次受到他的训斥。还有一次是单位里整风，我向他征求意见，得到"无原则地要钱"的批评。那正是我热衷买旧书，千方百计张罗稿费、版税、编辑费的时候。他是能说也敢说真话的，在熟人面前也是如此。

有一次在霞飞坊看到一本旧俄印的《书籍装帧图册》，内容丰富。文化生活出版社和平明出版社的出版物，有许多就是选用了其中的图版，稍加变化制成的，如"文化生活丛刊"等皆是，素雅干净，十分可爱。我想借来参考，不料他当宝贝似的收回去，不肯出手，好像小孩护着心爱的玩具。我觉得好笑，至今记得。

他爱藏书。新文学出版物差不多每见都收，想继承哥哥的遗志，补充"尧林图书馆"的收藏。尤其喜欢搜集外国名著精本。关于法国大革命的文献，他的收集在国内是首屈一指的。我常陪他去逛旧书铺，在静安寺和大同、合记等处买书，和书店老板很熟。他搜集沙翁著作的异本，其中有德文本沙翁全集，有对开古本，有极精美的彩色版画，得意地拿出来给朋友欣赏。1954年夏，曾陪他去一俄人家里看书，有革命前俄国印的大册沙翁、拜伦、莫里哀的集子，都极精美。旧俄名家的全集也都收得，旁及英、德、法作者，无不收罗。他的版税收入，绝大部分都花在买书上了。

对中国古典文学，他也有浓厚兴趣。《长恨歌》《琵琶行》他都能背诵。这都是儿时的积累。1955年顷还托我在旧书店买过木刻本的《唐诗三百首》。前两年去看他，他从楼上取下一部明万历刻白棉纸印的《唐诗选集》

给我看，因为上面有我的印记，怀疑是我借给他的。我说，这是送给你的。时间久了记不清了。他在书上也加钤了几方名印，可见对传统的藏书方式不是没有兴趣的。但他没有买过一本版本书，只托我在旧书店里买过一整套商务印书馆印的《绣像小说》和林译的《说部丛书》。他藏有鲁迅、西谛编的《北平笺谱》、郑振铎编的《版画史图录》，《古本戏曲丛刊》一直买到第九集。西谛编的书他是每种必得的。可惜他纪念西谛的散文一直没有写成。

他爱家乡的川戏。每次川剧来沪演出，他总要买票请朋友们看戏；川戏演员也到他家来做客，他特别喜欢袁玉堃演的《周仁献嫂》，说这是一篇精练的短篇小说。他也喜欢看京戏，记得1947年冬一次与萧珊、靳以、曾祺去天蟾看盖叫天的戏，巴金说笑话："盖似乎是在台上打太极拳。"他对中华人民共和国成立后戏改工作中的缺点写过杂文批评，受到反驳。我在晚报上曾写短文《论持平》加以声援。他的杂文与《论有啥吃啥》等是同时发表的，署名余一，不知已收入全集否？

1952年秋，巴金从朝鲜回京，我陪萧珊去北京接他。他们住在顾均正家。这几天玩得痛快，故宫、北海都去过，还听了梅兰芳的《金山寺》，在门框胡同吃奶酪，在惠尔康、五芳斋吃饭，在信远斋吃酸梅汤。萧乾在全聚德为巴金接风，座中有何其芳、曹葆华等。北京的三秋风景，都领略尽了。

1957年底形势大变，我仍冒险去他家贺年。看见我，他们也吃了一惊，楼下客厅内坐满了贺年的客人，我被让到楼上书房里坐了一会就告辞了。从此就不再到他家做客。几年以后汪曾祺随剧团来沪，萧珊请我们到家里吃一次酒，兴致索然，非复当年在霞飞坊同赏萧珊表演功夫茶的情致了。

"文化大革命"后期，黄永玉来沪，我陪他去访问过一次巴金。永玉带来了沈从文的问候。萧珊不在了，我是很久以后才听到这不幸的消息的。巴金的头发全白了，使我吃惊。有许多话想说，可是又无话可说，这次见面是拘束的、寂寞的。

巴金前后有多少次来到西湖，恐怕他自己也说不清了。80年代初，他每年总要到杭州来住一个时期。大半住在湖滨的西泠宾馆里，凭窗外望，眼前是一片迷蒙的西湖。他曾问过我，眼前的小岛是不是阮公墩。那时他的腿脚已不方便，室外凉台在雨中积满了水，也不能踏过去。每天下午常到楼下的客厅里闲坐，看熙熙攘攘的外国游客出入，一坐半日。他一直不放弃观察人物的机会。

1983年秋，又一次陪他来到杭州，又一起到了绍兴。同游有黄河清（源）。他一直盼着能访问鲁迅先生的故乡，这次终于圆成了夙愿。走访了鲁迅故居，在百草园里留下了一帧照相。接受了一匣"金不换"的赠品，这是鲁迅先生惯用的毛笔。坐在故宅的堂前，为纪念馆题了词。又来到故居对面，踏过屋前的小桥，踏进"三味书屋"。他在鲁迅先生儿时读书的座位，侧身挤进狭小的书桌，开心地笑了。

午饭时主人取出了存放了几十年的绍兴陈酒，只有一小瓶，座中都分到一小杯，那确是难得的陈酿，已经成了琥珀颜色的了。饭后到大禹陵去，他虽然没有登上长而高的殿前阶陛，到底自己走近了有着朱红大字的禹陵碑亭。

他在杭州与朋友的过往，从老友黄源、夏衍起，到灵隐寺的僧侣、创作之家的小朋友，处处流露出老人在友情中的欢愉。他是从朋友、读者的友情中汲取力量，享受愉乐的。他是在读者的保护下走过九十多年并非平坦的岁月的。他曾热切希望冰心、曹禺能到杭州来欢晤，可惜都未能成为事实。他行经白乐桥怀念逝去的方令孺。杭州的山山水水、一草一木，都是和朋友联系在一起的。

杭州有许多名迹，他没有一一遍览，只念念不忘去访问了岳坟。在岳忠武王庙留存的若干碑碣中，他只在文徵明的词碑前久久伫足。历来岳坟的题咏多矣，好似汇集了数百年来诗人、文士来开一次大型座谈会，但都不免眼光狭小，只将罪责归之于秦太师等四名坏种。是文徵明第一个揭露了事实真相："笑区区，一桧何亦能，逢其欲",把宋高宗这个最高责任者揪出来了。巴老游岳庙是在 80 年代初,距"文化大革命"不过数年,他在《随想录》里留下了《西湖》《思路》等篇,指出只要顺着思路思考,越过了种种障碍,当然会有应有的结论。看来这应该是他在湖上得到的重要收获。

新时期以来,我又成了他家的客人,又充分享受了谈天的快乐。十年来他的主要工作是写《随想录》,我曾在一篇小文中说:"这是一本悲壮的书。"后来得到他的认可。每次见面,他常说的一句话是希望我多写些东西,这时时使我警醒。六十年来从他为我印成第一本集子起,一直说的就是这句话。从中我领受到前辈火热的拳拳的心,仿佛自己依旧是当日的青年,在老树浓阴的覆盖下幸福地工作和生活。

2000 年 10 月 9 日

伤逝——怀念巴金老人

　　2005年10月17日晚饭后，我正在电视机前观看"神舟六号"飞船胜利返回的新闻。电话传来了巴老逝世的消息。我没有吃惊，依旧平静地看完电视。可是上床休息却一夜无眠，六十年来与巴老往还的往事，纷至沓来，次第上心，不能自已。真是没有法子。想想只有将这些如尘的记忆片断，捉到纸面上来，作为对老人的纪念，才能获得心的平静。

　　我最早见到巴金，是1942年①冬，在重庆。当时我只身入蜀，举目无亲，只带了他的三哥、我的老师李林的一纸便条，把我介绍给他。便条上什么都不敢写，只报告平安而已。巴金的话不多，但却热情地接待了我。记得曾介绍我去吴朗西在沙坪坝开的一家寄售商行，卖去了一件大衣，作为生活费。他还将我所写的旅行记事

---

　　① 根据现有资料显示，此为笔误，作者是1945年在重庆初次见到巴金。——编者注

散文，介绍给"旅行杂志"。得到在重庆的第一笔稿费。

我们见面不多，不过两三次。谈话也简短。这以后，我就走到军中，当一名翻译官。在昆明、贵阳、印度都曾收到他的来信，都是商量把我发表过的散文收集起来的事。他也真不怕麻烦，为一个年轻人做这些琐碎的事。最后编辑成书，就是由他以编委身份，收入中华书局的"中华文艺丛刊"的《锦帆集》，时在1946年。这是我的第一本书。没有他，我不会走上文坛。

这以后，就是编入文化生活出版社的"文学丛刊"的《锦帆集外》，他是出版社的总编辑。取回原稿一看，着实令我吃惊而脸红。那些零乱的底稿，一一都由他用红笔改定，连标点也不放过。例如我喜欢写的"里"字，也一一改成"裏"字。从此我才懂得做编辑工作的责任与辛苦。当时他已是名作家，却肯埋头做这些"小事"。想来从他身上受到的教育、影响又何止此一端。他是大作家，又是伟大的组织者，从他手中推荐了多少新人，为文坛添加了如许新生力量，这许多，都是在默默无言中完成的。

1946年后，他定居上海卢湾区的淮海坊59号。这时我已成为他家的常客。因工作忙碌，我不常回家吃饭，经常在他家吃晚餐，几如家人。饭后聊天，往往至夜深。女主人萧珊好客，59号简直成了一处沙龙。文艺界的朋友络绎不断，在他家可以遇到五湖四海不同流派、不同地域的作家，作为小字辈，我认识了不少前辈作家。所谓"小字辈"，是指萧珊西南联大的一群同学，如穆旦、汪曾祺、刘北汜等。巴金工作忙，总躲在三楼卧室里译作，只在饭时才由萧珊叫他下来。我们当面都称他为"李先生"或"巴先生"，背后则叫他"老巴"。"小字辈"们有时请萧珊出去看电影、坐DD'S，靳以就说我们是萧珊的卫星。我还曾约他们全家到嘉兴、苏州去玩过，巴金高兴地参加。1956年我重访重庆，在米亭子书摊上买得巴金祖父的木刻本诗集，回沪后送给他，他十分高兴。巴金是喜欢旅游的，不只是对杭州情有独钟。

巴金也喜欢坐咖啡馆，随意聊天。没有什么郑重的话题。他没有宣传过什么"主义"，对文学批评也并不看重，虽然他和李健吾有深挚的友谊。他也偶尔对某些作品作些评价。我问过他，最出色的译本是哪一部，他脱口而出地答道，"鲁迅译的《死魂灵》"。他还说过胡适的白话文写得好，一清如水。他对徐懋庸是有意见的，但从未听他背后的议论。

巴金也有激动的时候。一次他和吴朗西、朱洗等在家里讨论什么问题，大概是有关文化生活出版社，大声争论，我枯坐一旁，听不懂也无从插嘴。

他还关心过我的恋爱生活，出谋划策。后来先室之丧，在告别仪式上，我发现有一只署名"老友巴金"的花圈，着实令我感动，其时他住在医院已好几年了。

　　为李林墓碑设计，我曾提出请马夷初写墓碑，被他立即否决了。后来是请钱君匋设计的。

　　他喜欢买书，也喜欢赠书。我陪他走过不少西文旧书店，店伙都和他熟识，有好书都留给他。他的版税收入，大半都花在买书上。他喜欢将新出的书送给朋友，不论是自著还是别人的作品。因为经常见面，所以得到他签赠的书很多，有些是新刊的小册子，后来很难搜全了。至于大部头如"全集""选集"，更是高兴地持赠，仿佛是夸示自己新生的孩子似的递过来。他的译文集曾有香港三联版，印得很精致。后来又出了台湾版，大本精装一叠，又欢喜地取来相赠。最后是人文本的译文全集。他实在又是一位出色的、成果累累的大翻译家。我最喜读的是他译的赫尔岑的《一个家庭的戏剧》，是一部难得的译品。我喜欢搜集亲近师友的著作，力求其全。不知何以不为某些人理解，加以讥嘲，真不可解。他迁居武康路宅时，我曾帮他搬过书，一束束洋书，搬上二楼他的书房，吃力得很。他真是位大藏书家，浩如烟海的卷册，生前多已捐赠各大图书馆。他还有个遗愿，想完成一座"尧林图书馆"，纪念三哥。我多次看到新华书店按时给他送来新出的图书，一次就是几十册或者上百册。可见他爱书的豪情。

　　有人认为，巴金当了好几届政协副主席，又当了多年作家协会主席，就认为他当了官。其实我觉得他对当官毫无兴趣。虽然在医院病房门口总有几位战士在卫护；出游时有车队，浩浩荡荡，对这些他都觉得没有什么意思。平常闲谈，也从不涉及官场。在我的记忆中，只记得他曾提起周扬曾劝他入党，也就是闲谈中的一句话，没有深论。他多次去北京，也会见过高端政要，他都没有细说，只有胡耀邦请他吃饭，他说得较详，也有兴趣。

他喜欢西湖，晚年曾多次到杭州休养。1983年秋，还从杭州到鲁迅的故乡绍兴去过一次，我与内人陪同前去，黄河清（源）也同行。他的兴致好得很，虽腿脚不便，也还到了禹陵；在三味书屋坐进鲁迅当年读书桌的小凳子，顽态可掬。在百草园照了相，是他晚年最从容、最健康也照得最好的一帧。

一次单位搞个人鉴定，我请他给我提意见，他指出我"拼命要钱"是大缺点。这批评是确切的。因为买旧书，钱总是不够用。于是预支版税算稿费，编书也要编辑费（如《新时代文丛》），无所不用其极。为了买书，一次还向萧珊借过三百元，自然没几天就还了。可见他对我的批评也是说真话的。大型文学刊物《收获》一直是他主持着，80年代我给《收获》写稿，没有一次退稿。但有两次小事可以看出他的处事风格。我有一篇《过去的足迹》，是写吴晗的。篇末有许多文字被他一刀砍掉了。还有一篇当中有对老友不敬的话，也被他删去了。两次都没有同我商量，只是由编辑转告，对第二篇的处理，说明将来编集时可以补入。我非常佩服他这种处事风格。觉得有如在大树密阴之下安坐，是一种幸福。

他总是劝朋友多写，多留下些东西。他苦口婆心地劝曹禺完成剧本《桥》，在病房里也是如此。他对我也总是勉励，每次见面几乎都希望我多写。回思往事，至今不敢懈怠。

他晚年完成的巨作《随想录》，在香港《大公报》的副刊《大公园》连载，曾引起一些流言蜚语。我也在《大公园》上写了一篇读后感（收入《榆下说书》），他曾当面称赞我说得好。这是少见的夸奖。不是说文章写得如何好，只是可见一时舆论风气而已。《随想录》陆续发表，不同意见也层出不穷。一时风云雷雨，作者的感受就像在太空飞行的航空员一般。但我在闲谈中从未见他有任何表露，沉着得可惊。所有细节我都是从侧面了解的。

写到这里，来了一位记者，问起许多古怪的问题，小故事，关于巴金的"小故事"，我回答不出，手足无措。好容易送走了客人，拿起一本《随想录》来读，随手一翻，翻到一篇《大镜子》，读罢身心通泰，写得好，是上好的散文，也是上好的杂文。文章中有这样几句话，"我不需要悼词，我都不愿意听别人对着我的骨灰盒讲好话"。好像正像两天前他讲的话。我记起他曾对我说，《随想录》就是当作遗嘱来写的。当时着实吃了一惊，觉得刺耳，也手足无措过。现在想来，他并不曾说谎。《随想录》就是一本讲真话的书，虽然有的人读了不舒服，但它要存在下去，直到谎言绝迹那一天为止，它也就自然灭亡了。

"文革"后期我陪黄永玉到武康路访问过一次巴金，这是暌隔了十多年后第一次相见，使我出惊的是，他的头发全白了。永玉是带了沈从文的问候来的。他一家都住在楼下的客厅里，别的房间全封了。萧珊不久前过世，他的神情落寞得很，话更少了。我们坐了一会就告辞了。得以从容访问长谈则是80年代初期前后。

巴老逝世，是中国文学界的大损失，损失了一位领军的人物。他享年一百零一岁，但依然站在时代前面。记得过去谈天时，我曾对新出现的作者文字不讲究，不够洗练、不够纯熟而不满，他立即反驳，为新生力量辩护，像老母鸡保护鸡雏似的。他是新生者的保护者，是前进道路上的领路人。他的两项遗愿：一是现代文学馆的建立，现在已初步建成，日益壮大；另一项是"文革博物馆"的实现，虽然八字还没有一撇，但倡议确已得到广泛的拥护、认同。应可无憾。匆匆急就，写此小文，以为巴老纪念。掷笔惘然。

2005年10月19日

——《寻找自我》

李林先生纪念

李林先生逝世，迄今已是一年①。在这一年中，我几次企图执笔写一篇追忆先生的文字（大约有四五次），都不曾完工，而一经追忆，也往往使我堕入辛酸的旧梦中，不克自已。因为他虽然是我的先生，但相待亲切有如家人，而且有许多话是家人中间也不会谈说的，更能从他那儿得到诲示，往往使我明澈，使我感动。于是我乃永远不能忘记那些下午，我跑到他的那间排满了书架的房子里去谈天，一坐就是好半日。在那些日子中，正是上海成为孤岛以后，天日阴晦，心情也同其暗淡，于是这些谈话，就成为不可或缺的生活之一部分了。欲有所记，却深苦头绪纷繁，正是"往事如烟"，现在只想从这重重的烟雨中摘取一些闪烁，分别记述。

他是一个最好的老师，这在他的学生中大都是这样

① 李林先生逝世于1945年。

感觉着的。最重要的原因是他有着一颗孩子的心，生活在我们一群顽皮者的中间，很缺乏那一种岸然的气色。他和我们一起吃饭，一起玩球，一起唱歌、游戏，——上课时也常唱歌或走出去游戏一番的，一起去看电影和溜冰。这使我们觉得很特别，可以亲近。还有个原因，是他没有结婚，也似乎永远不预备结婚，而这在当时我们的先生之中，是颇特殊的。

他看待学生像自己的小弟弟，而自己却从来不以先生或长辈自居。这情形在学校固然如此，就是离开学校在上海重逢时也还是如此。当他告诉我怎样从日本人的炮火之下逃出学校，穿过东马路走进租界去时，他笑着形容当时的慌张，将草帽放在头边，用以"防御"从旭街那边飞来的机关枪，弯了腰跑过街去。那时他正像一个孩子，忘记了坐在前面的是他的学生。

又谈到了在学校时他被任命为训导员，奉命去注意一个同学的事。那位同学喜欢买些当时风行的杂志和文学书来看，因此就被认为有问题了。他接受了这一个"使命"之后，在训导会议上发了一顿牢骚，以后学校也就不再请他做这种事了。

他喜欢买书，他的小房间里有着满满的几书架的藏书，鲁迅与郭沫若、郁达夫的都有全集，可是他最讨厌出借，在架上贴了小字条，说明概不出借的话。然而我却在那里借过两本书。当时是预备开个玩笑，碰个小钉子的，然而却借得了。当那本小的同人杂志《水星》在北平出版时，他在学校贴了两张小广告，他是代订人。学校附近的一家会友书局，是他常去的地方。我常常遇见他在呼呼的北风里耸了肩，挟了两本新书报从书店里走回房里去。后来天津陷落，他的书却在天津市场的旧书摊上出现了，朋友买了几本又送给他，他说这时候藏书的兴趣已经减低了。

天津大水，他困在那儿，教两个中学，整日奔忙，缺乏运动，后来来到上海，不做事，索居在一角小楼上面。平时的生活也还是看看电影，买买英文旧书，买买旧唱片，寂寞之至。随着日本人进入租界，他更缺乏了笑容，生活更忧郁了。他的弟弟、朋友有很多都已离开了上海，他于是更寂寞了。

在我去看他时，常常谈到过去的事，我却从来不曾问他为什么还不结婚。他也常常笑着摸摸下巴上生出来的短髭笑说："老了，老了。"我也没有问他的年岁，我恐怕这些都会刺激他平静的感情。

后来，北方有不少同学到上海来，渐渐地来看他的人多起来了。有两位女同学时常在座上遇到，然而好像也寂寞得很，没有什么话可说，她们继续着这样的访问，他也只是用着平常的方式接待，喝喝茶，谈一些过去的事。这些旧事虽然并无趣味，可是依然有一种引诱的力量使我们接连地重复地谈着。他倒茶给我们时总是用另外的杯子，他自己用一个固定的杯子，他没有说明，我们也默默地接受这事实，并不特别露出什么注意的痕迹来。

一次我陪他到街上去买东西，在那时物价是每日飞跳着的。经过书局，他买了一百多块钱的稿纸，一大包，大约可以写一百多万字的，我帮他拿回家来。他说这是预备用来闭门译书的，预备译冈查洛夫的《阿布莫洛夫》，那时他译的《悬崖》已经出版了。

我也跑跑旧书摊，遇到俄国小说时总通知他。后来发现，那本《悬崖》的英文原本却并非全译本。他又喜欢库普林、布宁的小说，常说要译两篇出来。

这时 Y 从天津来演戏，请他补习英文，于是我们之间称呼人的时候就有了两位李先生，不过说起来时口气是不同的。他也常去看戏，对于台上的笑谑也总微笑着欣赏着。不知如何，他似乎看到了一点什么，跟我说 Y 并不算十分美。当时也就笑笑过去了。后来 Y 在上海大红，被称为"舞台上最美丽的女演员"。我想起当时也是红极一时的被改编为电影的一本美国女作家的小说，开头的两句形容女主角并不美，但是有使人不易忘记的一种个性的话。

我同他另外一个学生要到内地去，他极赞成。临走时我送给他几册小说，其中有布宁的一册，后来他也译出了一篇。他在洪长兴请我们吃涮羊肉饯行，座中全是他的学生，要我代为通知，也约了 Y。

那一天天气很好，下午五时，我们乘车子去赴宴。自然也是淡淡的，他劝大家吃点酒，随便吃菜。不知怎样有些拘束，还没有平时我们这些人在一起时的热闹。吃完饭，Y 赶着去上戏，我与 W 到咖啡馆里去吃冰，我们说李先生是个好人，希望回上海以后他已经结婚了。

胜利后久久不得归来。弟弟来信说他大病初愈，精神甚好，极希望能早日回来，再到他家里去谈天，该更有说不完的话，有许多话是只能向他说的，也只能请他告诉我应该怎样做的，然而后来这都成为空想——他故世了。

7 月底，离渝飞沪，第二天就到他的故居去看 L 先生，特别惆怅。"人事已非"，使我更深深地感到了。延到现在，才能拉杂地写这篇小文来做纪念，心里几乎已经空虚得没有一点说话的兴趣了。

巴金和李林和书

　　1942 年前后，先师李（尧）林先生从天津移居上海。

　　我不用"恩师"，因为它不准确也太封建气；也不用"严师"，因为完全不合实际。因为他实在是不同于别的老师，是以亲切和谐对待同学，以"小友"或云"忘年交"的姿态彼此相处的。他出身于"燕京"，自然带来了一些"洋气"，他打网球、听音乐；与同学一样，在食堂吃饭，与同学同桌用餐；他的英语课不循常例，教唱洋歌，带同学走出课堂去"实习"；他有时也批评，如在课堂上发现同学互递字条、不注意听课时，他就缓缓地用带四川味的普通话说道，"不要传书递简"；他在校务会议上对"舍监"查房时发现同学读书太杂，企图加以"整顿"时，就站起来反对，保护同学⋯⋯这许多不合时宜的言行，引起了同事的惊诧，但他我行我素，不以为意。他喜爱文学，爱藏书，我在他宿舍的书橱里发现了那许多新文学书，但看见玻璃橱门上贴着"概不外借"的字条而露出失望的神情时，他却要我随便挑，使我借到了《我们的七月》这样的书。周末，他把家在外地无处可去的我，找到他的小小宿舍里玩，用洋油灯煮梨片吃。当《水星》发刊时，他在学校里贴了一些字条，征求订户，他自己则是代理人。他的弟弟巴金（李尧棠）的长篇小说《家》正风行一时，是文坛上新出现的一位名家，听说到天津来看他。深想一见，却迟疑地不敢动问。这些是在南开中学度过的五年读书生活中总是忘不掉的温馨记忆。

李林先生的行踪很快被我打听到了。原来他就住在离我家不远的霞飞坊里。巴金住在三楼，他去内地后就由李林代为留守。在上海与老师重逢，知道他怎样从日寇的炮火中逃出"南开"，不用说，他的宿舍，和那些辛勤收集的新文学出版物也同样在敌人的炮火中化为灰烬。他逃到租界里在一家熟人家借居，同时为房东的女孩子补习英文。又遇到多年未有的水灾，这才到上海来的故事。差不多每周三两次到霞飞坊玩，也为"流人"多少添些热闹，少些寂寞。

李先生一直未婚，过着单身孤寂的生活。我在闲谈中感受到他在天津冯家寄居时，与听课的女孩子有隐约的情感联系。我还见过从天津赶来的女孩子的弟弟，一位脸上有着红记的中学生，一位神情诚挚、不善言辞的青年，在霞飞坊座上，无言相对。他远道从天津赶来探望，会带来怎样的问候、信息呢？我这局外人是无从领会的。李先生是一位负责任的正直的人，从他勉强地殷勤接待远客，在我这个外人在座的情况下没有任何实质性的谈话，只是枯坐相对，我已经从气氛中感到凄恻、寡欢的滋味了。

李先生平时驱遣寂寞的方法是翻译。译冈查洛夫的《悬崖》，给他以支持和鼓励的是文化生活出版社的朋友和他的旧学生们。译笔如此精美，连话剧演员在录取考试中都要朗诵一段译文作为"试卷"。李林译的《悬崖》根据的是一个英译简本，出版于孤岛的上海，是文化生活出版社的"译文丛刊"之一。数十年来没有重印，是可惜的。

李先生的活动范围只在居处附近，国泰电影院和兰心剧院，他在前者看电影，后者听音乐。我常常作为陪客同去。兰心是"工部局乐队"的演奏场所，水准不低。他喜欢坐在中排右边座，看电影也是如此。

此外，就是遛书摊，买英文旧书。记得我买过一册俄国布宁短篇的英译本送给他，他高兴地说，也许就是他翻译的底本之一。网球是"高等华人"的专利品，是打不成了。有一次他买了一大堆原稿纸，大约可写一百万字光景，他说这是为隐居译书准备的。

在霞飞坊 59 号，索非住底层，二楼是客厅，三楼是巴金藏书兼工作室，李先生则住亭子间。有一次他带我参观三楼藏书室，只见整个房间都被排满的书橱占据，书架成排，中间只留下仅能侧身而过的空隙，书橱里全是外文书，使我惊叹巴金真是名副其实的大藏书家。据杨人楩说，巴金所藏有关法国大革命的书籍，在远东是数一数二的。巴金这一习惯一直到晚年不改。年纪大了，不能跑书店，索性委托新华书店，每逢新书到货，就为他选出文艺方面的新书送货上门。我就多次看见书店送书的光景，书成摞地放在客厅地板上，老人高兴地看着，并不一一翻阅，只是高兴地笑。他说过，这是为"尧林图书馆"买的书，是为纪念李林先生而设计的。

有人说，巴金的藏书中没有线装书。这话说得不十分准确，其实他也有名贵的线装书，如鲁迅、西谛签名的初版《北平笺谱》，郑振铎编印的《中国版画史图录》，还有西谛主编的《古本戏曲丛刊》，那是几百册一集的大丛书，他预订了全套，虽然至今没有出完。这许多不是线装书是什么？

不过，他对古旧线装书没有好感，也是真的。我从收藏新文学善本书转而收藏线装旧书，是从 20 世纪 40 年代末开始的。但他从来没有对我表示过反对的意见。那时我去霞飞坊常是提了一大包旧书的，从不敢提进客厅，只放在进门处地板上。陪我逛旧书店的是汪曾祺，却十分看不上旧线装书，常以"明残本"相讥。直至曾祺晚年，为《书香集》撰文，还写了一篇称赏一折八扣书的文章，也含有讥讽版本书的"微意"。有人说曾祺是"最后一位士大夫型文人"，用意不明。要说"琴棋书画"，"琴"或可以"笛"代之，曾祺都是拿手的，只有"书"一门独缺（书当然指书法，这里也可借指书籍），未免"遗憾"。这于他的散文成就，因之而少了些亮色。姑妄言之，以待匡正。

平明出版社初创时，我曾推荐过我的朋友周汝昌的处女作《红楼梦新证》，不被接受。后来文怀沙转给棠棣出版社印行，成为畅销书。

我还有《西厢记与白蛇传》一书，1953年由平明出版社印行。一年后再版前，老板李采臣找我商量，拟将附录"祁彪佳《曲品》残稿"部分抽去。我立即同意了。采臣精明强干，是经理部的好手，过去从不过问编辑部事务。这次提出抽换，可能他觉得《曲品》徒然浪费纸张，但事前必然取得巴老同意。"平明"出版方向，以译介西方（包括旧俄）文学作品为主，这些决策，自在意中。但我以为后一书的真价，百分之八十在于《曲品》，它是新发现的关于古典戏曲文献的重要著作，为王国维等所未见。但这和出版社出书方向不同，也是显然的。所以我毫无异议地立即同意了。

巴金还托我向旧书店找过一部线装全套的《绣像小说》，这是最早以杂志形式出版的小说创作丛刊，一套若干册，收集不易，索价不菲。这怕是他向旧书店买的唯一书籍。

此外，我也光荣地为"巴金藏书"添了两种真正的"古籍"。

1956年我曾有滇蜀之游，在重庆，偶过米亭子旧书市，在书摊上检得两册刻本诗集，翻到册尾校勘人列名处，见有李尧棠，不禁大喜，知道这是巴金的家集，返沪后以之持赠，巴金也大喜，此《李氏诗词四种》可能刊版已近民国，但只能得之于巴蜀，在江浙则绝不可见者也。

20世纪80年代，一次在武康路宅谈天，巴老忽然想到了什么，立起身来走上楼去，脚步轻便，可见身体不错。移时，捧了一部旧书下来，递给我，问，"是不是过去向你借的？"我接过一看，立即记起，过去谈天时常听他背诵唐诗，如白傅的《长恨歌》《琵琶行》，随口背出，一字不错。就想找一部纸白版新字大的唐诗旧本给他随意翻阅，岂不甚好。我翻看见书上有我的藏印不少，也有一方朱文"巴金"小印，就说："这是送给你闲看的。"这样，他把书收回去了。

巴老晚年将藏书分别捐赠各地图书馆，悬想此书必久已捐出，不意小林整理故居遗物，此书仍在。一日，携以见过，遂使我得有重展机缘。

这是一部明刻本。书名是《批点唐诗正声》十二卷，卷首大题下双行云"临川桂天祥批点、后学万世德校正"。十行，二十字。白口单边。前有嘉靖三年春三月十日天水胡缵宗序。虽有嘉靖序，而看刻工风格，已在万历中。《唐诗正声》在明代是流行甚广的唐诗读本，其普及程度与清代出现的《唐诗三百首》差不多。其嘉靖原刻楷字本我后来也收得残卷，刊刻精甚。则此本为翻刻无疑。原书后有我墨书小字一行，知是1949年买得。原书有旧人题跋："唐诗正声四册，内家瞿留守公之物，余临陈氏批藏之。琴川孙石芝记。"下钤"孙石芝"（白文方印）等二印。书前有"瞿氏藏书"白方方印。刻法精旧，不知是南明遗臣瞿式耜旧藏否？瞿氏在常熟为大族，不敢定也。当时此种明版书，在书肆中无人过问，索价甚廉，所谓"大明版"者是也。在赠巴老前我又请书肆重装，以咖啡色绸面为书衣，楚楚可观了。巴老似乎也颇爱重，于卷前加钤"巴金"朱文小方印可知。于是此书成为巴金书库中唯一的线装古籍善本，是别有一番意义的。

大约是20世纪80年代初，一次在武康路做客，落座未久，巴老手执一册《读书》走来，"怎么净写些我也看不懂的东西！"这是少有的对我的严肃批评，给我颇大震撼。

回忆20世纪七八十年代之交，重新获得发表作品权利以来，我的确写了不少东西。而这正是巴老每见我必提醒要我多写鼓励的结果。我当时的写作，大体有三个方面：一是写杂文和游记零篇，多发表于《大公园》，荣幸地追随《随想录》之后以"特约稿"的方式出现；二是写较长篇的记人、记游文字，多发表在《收获》上；三是在《读书》上连载的"书林一枝"。当时"拨乱反正"，被抄没的藏书，陆续部分地发还，这意想不到的旧物重归，在我是一种大欢喜，也触动了旧有的读书灵感，在写了一些论辩文字之外，也说到有关访书的种种琐事。说的是旧人旧事，但也不老实地隐约地说到零碎感触，表面上看是在抄古书，但自有自己抄的方式、方法。我在"故人书简"中录入钱默存信中语："忽奉惠颁尊集新选，展卷则既有新相知之乐，复有重遇故人之喜。深得苦茶庵法脉，而无其骨董葛藤酸馅诸病，可谓智过其师矣。"默存写信，正如他随意谈天，不可当真。我想这种联想必不只是一人，看见也在抄书，便归之于周作人系，不知像钱默存，于同中能见其异，不致陷于隔膜。我想巴老的意思也是如此，他鼓励我多写作品，但又不愿我陷入"骸骨迷恋"，这也正是我时时警惕、提醒自己的。巴金早年写小说以周作人为原型，批判其没落情怀，其实即已预感到其不光彩的下场。沈从文就不会同意这种批判。其实巴金还是欣赏知堂的文章的，他曾托上海旧书店收集周作人的著作。当周作人走出监狱，身败名裂，生活困难时，是巴金给他出版了第一本关于希腊神话的书。奇怪的是，近来屡见将巴金、靳以归入"京派"

之说，好像凡在北京三座门住过、编过期刊，就理所当然的是"京派"了。这与以"抄书"一事，不分青红皂白，也看作一家眷属的论法，堪称一时瑜亮。巴老晚年曾写忆郑西谛文，未能完篇。其中透露他对古典文献的看法，值得注意，这是老人思想更成熟、更圆满时达到的境界，不是或人所尊崇的什么"思想者"，是必须刻意分辨，郑重对待的。

2010 年 10 月 7 日

关于《随想录》的随想

听说《随想录》要印成一本书了，很是高兴。这些文章陆续发表时，我曾先后读过，作者大概说了些什么话，是有个约略的印象的。为了印证旧有的印象，我又找出旧报翻了一下，旧报并不完整，但可以证明我的印象还是准确的。这是一本真实的书。

我还有过另一种奇异的感觉，这又是一本悲壮的书。我这样说，因为我的确感觉到这些文章中的每一句话都是通过作者自己的心写下来的，都经过自己良心的检查。"良心"，按照一位著名诗人的意见，"就是人民的利益和愿望"。我同意这个说法。

作者写的其实也不过是一些"身边琐事"，不过由于作者生活的时代是不平凡的时代，因此"身边琐事"也就往往有了更深广的内涵。作者在许多地方都说过，因为他可以利用的时间不多了，因此就不能随意浪费，要抓紧时间讲自己所要讲的真话。而讲真话，不论在什么时候，都是不容易的。需要勇气，有时还需要非凡的勇气。这就是为什么会使我感到这是一本悲壮的书的原因。

作者要讲的真话，很重要的一个部分是讲到了自己的毛病。例如，作者讲了他在一些场合真诚地讲过一些"豪言壮语"；在另外一些场合又曾"响应号召"对一些人和作品作了并非出自本心的"批判"。这样做，是需要勇气的。其实有些情形，读者心里是明白的，并不需要作者自己站出来解释。但他这样做了，说明他是承认实践是检验真理的唯一标准的，而且并不将自己除外，不是直到今天我们还能看见有些自命"一贯正确"者，为了自己"形象"的"完美高大"，花了许多力气，而得到的往往只是相反的效果吗。

作者最近经常说起，一个人的思想是时时在变化的，这当然也包括他自己。有时回顾两年、一年甚至半年以前写的文字，有些认识就又有新的发展变化了。这自然说明了我们今天所生活的时代是个飞速进步着的时代。两年以前作者为《家》的新版所写的"后记"中说过："我的作品已经完成了它们的历史任务，让读者忘记它们，可能更好一些。"我当时就觉得这个估计不够准确，但所能举出的论据也只是书店门口长得出奇的队伍。今年年初我写过一篇短文《补课》，也是想说明这点意思，不过吞吞吐吐地说得很不清楚。现在，经过全国人民的努力，总算初步弄清了林彪、"四人帮"一伙卖弄了十多年的其实不过是从旧货店里找出来的"出土文物"。作者在一篇《随想录》里，也只能得出这样的结论："没有办法，今天我们还必须大反封建。"而且承认，在今天的马路上，也还会时常遇见在散步的"高老太爷"。

作者很喜欢讲当他还是小孩子的时候，在做县官的父亲的衙门二堂里偷听打小板子的故事，这已经写在《随想录》里了。作者还记下了他在巴黎瞻仰卢梭的石像时的感想："我从《忏悔录》的作者这里得到了安慰，学到了说真话。"看起来，这些好像都已经是"陈旧""过时"并不时髦的思想，但是没有办法。正如我们有了共产主义的远大理想，依旧不能不一步步脚踏实地地从新民主主义、社会主义社会走过去一样。想一厢情愿地跨越时代，那结果已经是人人都看得清清楚楚了的。

作者还告诉我们许多故事，发生在前些年的稀奇古怪的故事。这些故事我们大抵是稔熟的，也许在有的朋友听来不免有些陌生，以为是讽刺。不过，"'讽刺'的生命是真实"，这些故事也正有着强盛的生命力，一时半时不会为人们所忘记。就像曾经在上海这地方不可一世过的两位"长官"，（可惜其中的一位已经不在人世了，而我们至今也还不能不"姑隐其名"，使读者读起来也难免气闷。我们实在对这群恶棍宽容得过于长久了。）一位给作家规定了严格的时限，超过规定一天所发生的事也不许写，用的是比科学家还要科学的方法；另一位则主张出版社要出人才，大约是指跟"走资派"对着干的人才吧。这些都是《天方夜谭》的作者也想不出来的"妙计"。不过我希望读者不只当作笑话来读，必须想到，掩盖在这些"笑话"背后的是无数善良的人的血和泪；并且关心还要多久，还需要经过怎样的努力，我们才能最后杜绝这样的"笑话"在我们居住的这块地方重复发生。

不能不想起鲁迅先生。在先生的杂文中间，很有一些是论及 30 年代旧中国的那个文坛和作家的。我还曾经有过这样的疑问，为什么先生要把许多精力花在这些地方呢？后来逐渐悟出了一点道理。作家不是遗世独立，文坛也并非与世隔绝的处所。"剧场小天地，天地大剧场"的原则还是可以适用的。

记得鲁迅先生曾指出过去许多人挤进文坛的方法。有靠太太的奁资的，有先做官的，也有"捐班"的；这样，坐着金子或其他材料制成的坦克车的 × 品文官或"诗人"就凯旋了。也有的人变了一通戏法也取得或保持了"作家"的桂冠。先生指出的这些"文坛登龙术"，虽然已经是五十年前的往事，好像到今天也并未完全失传。《随想录》里记下过一个真实的故事，不，不止一个，像这样的故事绝不只有一件两件。一些过去起劲地"批邓""批走资派"的"作家"，在"四人帮"倒台以后遇到了很大的困难。有些"聪明人"很快想出了办法，用"四人帮"替换"走资派"，只要请排字工人抽换几个铅字，连人和作品就都是崭新的了。于是他们照样在文坛上走来走去，点头微笑，好像什么事都没有发生过。有的人还堂皇地在会上介绍"深入生活"的"经验"，我怀疑这是弄错了讲题，应该更正为魔术家的心得才对。

《随想录》的作者却告诉我们："人们经常通过不同的道路接近文学，很少有人只是因为想做作家才拿起笔。"可见他走的是一条另外的道路。作者在很多地方表示了他对读者的信赖与感激，使人读了十分激动。他感谢读者给予他和他的作品的保护；他声明他的作品没有给骂死，是因为读者有自己的看法。他说："没有读者，就不会有我的今天。"这些话是真诚的，在谈天中，我听见过更多同样意思的话。我以为，靠了这些，他才没有走一条"既保险、又省事"的道路，因而有着比一切"既得利益者"都高尚的灵魂。

从他这里的有些叙述以及过去的作品中很容易留下一个并不准确的印象，仿佛作家的命运是寂寞的，孤独的。事实是恰恰相反的。读罢《随想录》引起了很多很多新的"随想"，但我想说的，主要就是这个。

1979 年 12 月 6 日

萧珊的书

这一篇本来是早已写好了的。今天读了巴金怀念萧珊的原稿，觉得文章不能不重新改写了。三十年前我和萧珊曾经是很熟的朋友。对于她的死，我是应该用文字来表示自己的悲痛的。除了文字（尽管它是那样的无力），我还能有什么别的手段么？由于人所共知的原因，从十二年前的秋天开始，我就不再能到她家去做客，后来连他们的消息也不知道了。记得1967年春天的一个清晨，我到报社去上早班（当时我是一名运输卷筒纸的装卸工），在圆明园路北京路的转角处曾经看见过她一次。当时她和另一位中年妇女在一起，匆匆地向外滩方向走去。我发现她憔悴得多了，但灵活的举止还是旧样。

她大约没有注意我这个穿着劳动服的装卸工，我自然也没有去打招呼。现在想来，这是我最后一次看见她了。

她的病和死，我还是过了很久以后从人们的谈话中听到的，当然也不可能打听那详情。直到最近，我也一直没有向巴金打听过。很早我就知道他在写这篇文章，后来他曾几次谈起，文章只是开了个头，写不下去了。在这样的场合，我不想接口，总是岔到别的事上去。我明白他的心情。我担心他禁不起这样感情的重负。直到从他手里接过了原稿，才算舒了一口气。我为老人的坚强而高兴。我相信他为我们社会主义祖国努力工作的诺言不只是说说的。通过这一篇浸透血泪的文字，我得到的是激励与鼓舞。我相信，阴暗的过去带来的必然是阳光璀璨的未来。在人类的历史上毫无收获的牺牲还从来不曾有过。

《怀念萧珊》记下的是充满了悲痛的故事，我倒想在这里写下一些欢快的记忆。自然我所知道的并不多，也不过是1946年以后十年中间的一些往事。当时，霞飞坊巴金的家——只是三层的一间书房兼卧室和二楼的一间客厅兼饭厅——曾被朋友们戏称为"沙龙"，萧珊就是这"沙龙"的女主人。

每天下午和晚上，这里总是有客人，有时客人多得使这间正中放了一张圆台的屋子显得太逼窄了。客人当然绝大多数是巴金的朋友，但也有萧珊的一些搞文学的大学里的同学——她曾经是昆明西南联大的学生。不过不管是老一辈或同辈，她都接待得好，客人们都喜欢这个女主人。她是宁波人，不过我好像没有听见她说过家乡话，她好像也不会说四川话，她说的是普通话，不够纯正的普通话。她高兴的时候，用不够标准的普通话和朋友谈笑时，真有一种生气，同时也极大地显示了她的善良、单纯、愉快的性格。她一直生活在这样的环境里。熟朋友如靳以见面时总要对她讲两句笑话，有时还打趣她，靳以是把她当作小妹妹看待的，叫她的名字时总要把尾音提高拉长，巴金也总是这样叫她的。

在"四害"横行的日子里，我一点都不了解她的处境，但那一切却都是可以想象的。我担心，她怎能忍受得住那些超出想象的折磨和侮辱，她能挺过来吗？事实已经证实，她没有能挺过来。

有时候她会显得有些神经质。那是弄文学的人所不可避免的。她常常捧着一小册屠格涅夫或别的欧洲作家小说的英译本在读，蜷着双腿偎在长沙发里细心地长久地读着。这时她就会跟着小说里人物的命运走，有时会提出玄妙的饱含哲理的问题或见解。这一切和窗外的现实是隔得多么辽远，但她提出这些来时是认真的。当她自己发现这一切不免有些突兀可笑时，就腼腆地一笑，合上书，又回到现实生活中来了。

就是在这前后，她开始译一点屠格涅夫的小说。我曾读过她最初的译稿。

她还要我给她的译文润色一下。可是我哪能有这样的狂妄。她有她自己的风格，她用她特有的纤细灵巧的女性的感觉，用祖国的语言重述了屠格涅夫笔下的美丽动人的故事，译文是很美的。

这就是1953年夏出版的屠格涅夫的《阿细亚》。前面附有五幅精美插图的一本小书。正因为这是一本小书，它又幸运地回到我的手里。紧接着她又译出了同一作者的《初恋》《奇怪的故事》，和普希金的《别尔金小说集》。

现在这几本书的平装本和精装本都已回到我的手中，这是使我感到非常高兴的事。

这些书的译成和印制都曾为人们带来很大的愉乐。平装本是毛边的，这是有意继承五四以来最早的新文学出版物的传统。从《奇怪的故事》开始，又印了特印本。是蓝绸硬面烫金的，每种印的不多。我在印《旧戏新谈》时曾买了一些重磅木造纸做封面，还剩下了几十张，这时就献出来。巴金笑说，这拿来印书一定不好看。但印成的一百零五页的《初恋》，却实在不坏。米色布面烫金，封面是两匹马和一个坐在雪橇上的人。

……

我很惭愧，只能用这样的文字来给萧珊作纪念。我希望，她的遗译还会有重印的机会。我相信，喜欢、感谢她的劳动成果的人，在我们可爱的社会主义祖国里，并不只是一个、两个……

草根宗庙

前一阵子曾经出现过陈丹青、韩寒在电视上评论某些知名作家事件，引起一阵不大的风波，一转眼就过去了。以为这不过是个人议论，事本寻常。后来看到陈丹青的新著《荒废集》中"地狱和宗庙"篇，是专就此事的回应，才大致弄清此案的始末。同时回忆起一些往事，与此案或有牵连，不妨写下，以供参考。

前些年一次与巴老闲话，我曾问起，"你认为文学翻译中最好的译品是哪一部？"他没有思索立即回答说，"是鲁迅译的《死魂灵》。"只此一句，并未进而论述，话题随即转换了。但这一答案留给我的印象颇深，至今不忘。鲁迅翻译时根据的是德译本，即二手转译。《死魂灵》后有满涛据俄文原书的直译本，但我喜欢的仍是鲁迅的重译本。我不懂俄文，更不可能领会果戈理的文风。但在我的心目中重译本并不比直译本减价。鲁迅的翻译自有他自己的特色：用字、遣句，语法结构……都有他自己的风格、特色。不妨说是德译者提供了果戈理的故事，再由鲁迅复述成文。有点像林琴南译的西方文艺作品。在或一意义上，翻译也是一种创作。译品的风格是作家、译者合作而成的产物。有一百种译本，就有一百种不同的译品。回忆自己在中学时代读翻译小说的经验，至今不能忘记的是黎烈文译梅里美的《西班牙书简》；张谷若译哈代的《德伯家的苔丝》；夏目漱石《哥儿》的译者记不清了，可能是章克标。特别是《哥儿》，后来有了多种新译，但徘徊心头不能去的依旧是从当年译本得来的愣头愣脑的主角形象，这是不可磨灭、不可替代，而为自己认可的漱石风格。

这些认识和理解，在翻译理论家看来，该是荒谬绝伦而不可容忍的罢。

说起自己不喜欢、不能卒读的书，巧得很，与陈丹青先生相同，也正有《百年孤独》和《洛丽塔》两种在内。都是慕名求得，始终读不下去的。不怕出乖露丑，在这里坦率承认了。

说起对巴金作品的负面评价，实不始于陈、韩两位。巴金自己就说过，自执笔以来，挨骂是常事。持不同意见的，绝不只刘西渭（李健吾）、沈从文两位，都是曾有过笔墨、口头激烈交锋的。而李、沈都是巴金的终身好友。较近的一例是《随想录》在香港大公报连载时，受到过香港一群大学生的攻击。所持的理由也差不多，读不下去，篇篇都抓住"四人帮"不放，痛加斥责，实在读得厌了。当时香港尚未回归，在大英帝国殖民地上长成的年轻人，长时期受着异样的文化熏染，对祖国大陆的认识是隔膜的、疏离的。长时期来隔岸观火似的遥望大陆上演的连台闹剧还是悲剧，稀奇古怪，不可思议。一切出之传闻，缺少"身受"的"实感"，因而才会产生那种难以理解的"反感"，其实是可以理解的。陈丹青是久居国外的海归画家，自己有过上山下乡的经验，但对 20 世纪 50 年代初期发生的一连串运动，感受无多，80 年代以还的文坛风云也是疏离的。韩寒是不是"八〇后"，说不准，和香港那群大学生会有类同的感受，更不足怪。"文采欠佳，读不下去"，是陈、韩受到网上围攻的主要"话柄"，平心而论，这八个字的批语不免有些笼统。当时他俩只是随意闲聊，未能充分展开，不应求之过深。个人之间的议论，无论在《宪法》上还是"习惯法"（姑如是说）上都是允许的，并未犯哪条戒律，问题是被电视台简单地处理了，成为《世说新语》似的东西，因而引起纷纷议论。更不幸的是这个有趣的议题没有开展下去，夭折了。

巴金平生著作，有《全集》在，《随想录》在，可以研究、讨论者正多，正如陈丹青所说，六十还是七十年前，李健吾就对巴金有过不算潦草简单的评论。巴金生前也多次说过，论天资、论才气，他都比不上曹禺与萧乾，这都是实事、"真话"，也都值得认真讨论，包括文德与文才两个方面。至少新时期来，曹禺痛悔中华人民共和国成立后未能写出一部值得保留下来的作品，痛苦地死去。巴金在疾病缠身之余写完了一部大书《随想录》，曹禺却只有早年完成的《雷雨》《日出》……几部巨制使人不忘。自然，《随想录》一百五十篇，并非篇篇都是锦绣珠玑，却也不是毫无文采、读不下去的滥货。这里我想从旧时读《随想录》的零碎记忆中选出不起眼的、并无代表意义的小篇，说一下曾经留给我的印象。

那还是《随想录》开笔不久写下的一篇题作"结婚"的随笔。不知怎的，其时社会上突然盛传起巴金要结婚的小道新闻，这是他连做梦也没有想到的事。但不以个人判断为转移，谣言愈传愈广，连他自己也招架不住了，听说他要拿起笔来辟谣。而流言却说得活龙活现，在巴金复述的笔下，故事生动，"曲终奏雅"，还是免不了对前不久在上海横行不可一世的"四人帮"爪牙徐某的"威风煞气"带上了一笔，似乎也不一定会引起某些读者的厌烦，看不下去。使我担心的倒是怎样处理故事中被流言捎带出场的女方。在流言制造者看来，女方也必须是一位文化界的名人，否则就不合"门当户对"的原则，故事听起来就不怎么像了。直书其名吧，又万万不可。被无辜牵连在内者的隐私权不可触犯，同时还理应受到一定的尊重。用习惯的方法代之以××吧，也实在无力、无趣。想来想去，实在没摆布处。可是巴老在文章开始就把这个难题解决了。他写道："近两个月忽然谣传我要结婚，而且对方是有名有姓的人。"

"有名有姓"四个字实在妙不可言。它将我前面想到的一大堆困难都一起担承、解脱了。我不想使用"语言大师"这样的套话，但不能不承认他说得好，运用得好。这是写作才能的偶然闪烁，不是"读不下去"的东西。同时我也从这里学了乖，以后遇到某些见钱眼开、不顾廉耻、放胆做出丑事的人物，想说两句话，但又不愿如苏东坡所说"多难畏事"似的不敢指名道姓，就仿此例以"有名有姓"四字当之。

陈、韩两位认为"读不下去"的作家还有冰心。记得读谢冰心，还是六七十年前小孩子时的事。留下的印象是她喜欢说起并歌颂的大海与母爱，文字清丽，是女作家应有的特色。后来久不读了。新时期来常见她接待客人的照片，书房里挂着梁启超写的一副对联。她晚年动笔不多，但留给我们印象却是深刻的。

近来从一本书的序言里，无意读到冰心在 1957 年的一篇答记者问，着实惊心动魄。这是当时常见的"阴谋"手段之一。或开座谈会，或派记者上门访问，谈话记录立即上了"内参"，报了上去。近来关于"卧底"一类事件，谈论得十分热闹，其实在当时是司空见惯的。有的"作家"不但善于摸底汇报，而且积少成多写成传记的也不稀见。现在只说冰心的答记者问，论成色，是不折不扣头等的"右派"言论，应划无疑，但冰心终于逃过一劫，以"右派"家属资格过了关（她的先生吴文藻被划为右派）。

读了刊于"内参"的这篇访问记，使我大吃一惊，过去头脑中关于冰心的印象轰然倒塌了。中年的谢冰心原来是一位勇敢、无畏的敢说真话的女性。

晚年的谢冰心写得少了，短了。但豪情不减，锐气如昔。我只记得她有一篇短论，标题似是"无士则如何！"是为知识分子说话的。文章极短，锋芒毕露，直指时弊。而文字平淡易读，想无"读不下去"之虞。除非是"隔教"，那就只能"言语道断"了。

前两年坊间出过一本小书——《齐人物论》，昙花一现，继起者寂然。这本来是在一本杂志上连载的，后来辑成一书，听说发表前后，颇引起过一点小麻烦。这也难怪。作者据自己的读后感，对数十位当代作家进行评论，或讥弹，或赞誉，全出个人感知，直言无忌，绝不以私见为定论，意在展开一座讨论的平台。看来这似乎是陈、韩私议的先河，而内容更为丰富，多存讨论余地。方式不同，趋向无异。总之，文坛无宗庙，只有作品；一旦白纸黑字面世，则任何读者都可七嘴八舌，放手议论。只有在众声喧嚣中，才可望趋向一致。而议论方式、过程，自以合理、全面、充分为理想。如此而已。

最近张爱玲的遗作《小团圆》出版了。一时洛阳纸贵，高居畅销书榜首。出版精英们的目光如炬，下手迅速，深得"稳、准、狠"精义，至可佩服。据说还有未译成的英文著作两种即将出笼，加上书札、佚篇……可以编成"全集"。这真是天大的喜讯，对众多"张迷"来说，其欣幸为何如。以上所说，多从经济观点着眼，不免失之片面，其实引起的动静，远不止此。议论纷起，对新书的评价，也并不一致。誉之者以为是"巅峰之作"；贬之者认为"写得太不堪，无聊透顶"。这是一位八十七岁的老学者的读后感，不免有点"迂"。譬如张爱玲与胡兰成的关系，在老先生看来只是"白圭之玷"，万不该如此渲染，这是老先生的宽容之论。但过去就曾另有一位更老些的老先生，就直言不讳地称张胡一对为"狗男女"，话是有些难听，但作为一位读者的评论，也不好给他的嘴贴上封条，何况并非信口胡云，是有根有据的。可惜这位更老些的老先生最近去世了。就有铁杆"张迷"趁机跳出来"鞭尸"，破口痛骂，反正死人不会跳起来回嘴，只能由鞭尸勇士任性跳踉，平安无事，得胜还朝，也算得是一位"英雄"。

往常读新闻，西方每逢有重要的足球赛事，地方当局必如临大敌，重兵（警察）密布，临时禁酒……但仍不免出事，甚至死伤。每每不解。照韩（复榘）老太爷看来，两群人争一只皮球，何必闹成你死我活的一团糟。

今见因《小团圆》引起的两军对垒，比之西方的球赛，正是有过之而无不及。"球迷""张迷"，其实一也。而且局面方才展开，不知未来发展将如何。

再回到陈丹青的文章题目，"地狱和宗庙"，忽然悟出，宗庙不只存在于庙堂之上，在江湖之远也有"草根宗庙"者在，都是没有办过登记手续的，但其力量绝不可小觑。以张爱玲为祖师奶奶的"庙堂"就是其中之一。

连带想起的是，胡兰成与"才子文章"。

过去我读知堂五十五岁以后的文字，常有"故国之思""麦秀之感"，颇不易解。联想中国文学史上，远有庾信，近有钱牧斋、吴梅村，这些人的身世经历、思想纷纭，多有相似之处，因而提出杜撰的"贰臣文学"命题。曾有反对者提出异议。其实人物比较与比较文学不过取其类似，可以并观。天下事物，哪有两者全同、不差累黍的事？如果有，也就用不着费时吃力地加以"比较"了。但此中也有特例，在"才子文学"中连"贰臣"也数不上的有阮大铖。马、阮并称，马士英还有同乡后辈为之"雪冤"，但为陈援庵等学者嗤之以鼻了；阮大铖之为铁定的坏种，早成定论。但大铖又被"公认"为"才子"，不但诗写得不坏，得到许多名人如章炳麟等的叹赏，还有过"小人无不多才"的共识。他还是个剧作名家。历来作文学史者也往往不吝给以一席之地。20世纪80年代，李一氓曾想给他印一本全集。阮大铖的《咏怀堂诗集》(包括正续集及编年诗)、剧作《燕子笺》等四种,原刻少见,但都已陆续访得,只有最少作的《和箫集》是万历刻白棉纸印的本子,藏在天一阁中,被视为孤本,秘不肯出。李老曾对我叹息得书之难,阮集后来终未编成。这本《和箫集》我也早知踪迹,曾托人访求或抄一副本,而对方言辞惝恍,神秘得很。后来"文革"中就来揭发,罪名是专收奸臣著作。闻之怡然。我是注意收集历史上坏种的著作的。如北宋的蔡太师、南宋的秦太师,可惜都片纸无存了。明代有严分宜的《钤山堂集》,还是嘉靖中杨升庵批点的白棉纸本,很是珍重,再下去就是阮大铖的集子了。细细看过,诸诗都是身陷阉党、削职隐居金陵祖堂山时所作。所与来往唱酬的多半是显宦官僚,可见不甘寂寞。可惜见闻不广,弄不清他这些"诗友"的身世本末。只有送周挹斋(延儒)北上的几首送行诗,分明可见以"董事长"身份嘱咐周君入朝后要好好干,庶不负诸公醵金助其起复之盛意,词意显然,毋庸细说。如此读诗,正是陈寅恪以诗证史的方法,也是读懂《柳如是别传》的门径。同时也是想从《和箫集》窥见阮髯早期行止思想的初意。

从这里,就不免说起所谓"才子文章"。

张爱玲的一系列作品,胡兰成的《今生今世》(删本也罢、全本也罢)全可以归入"才子文章"之列。自古以来,中国文坛上的"才子"都有一种特点,借一句旧话，"人归人，文归文"，也就是沪语的"桥归桥，路归路"。他们只求写得适意，"细行"和"大节"都非关注所在。其例多矣。鲁迅先生作文，以"才子"与"流氓"并论，其意自见。鲁迅又说过，有的作者以一二单篇或断句，留名文学史上，因为它有文采。这是已成共识的。有时读者爱屋及乌，将"才子"们的出格事迹，说成"风流韵事"，传为"佳话"，如唐伯虎、祝枝山，下至"晚近的鸳鸯蝴蝶"就都是的。不过这里有一个限度，或云底线，无论如何舞弄，一旦越过此一底线，就将陷于万劫不复境地，如阮大铖即是。

我读钱澄之的笔记，后附"髯绝篇"，记阮胡子的晚节事迹，生动真实，叹为绝作。无论用小说或电影剧本的尺度来要求，都是不折不扣的绝作。这样的阮胡子，是不可饶恕的狗屎堆，无论用今昔不同的道德尺度来量都如此。

但阮胡子的作品，仍有重印的必要，因为它有文采。

怎样看待张、胡，具体到如何评价《小团圆》，除了它的文采，它所提供的史实之外，应该仔细审视它是否越过了这条底线，越过了多少。对胡兰成也应如此，不仅限于"天花乱坠"的迷惘便休。

2009 年 6 月 26 日

海内存知已

前天到医院去探望巴老。坐下不久，曹禺来了。这是我最近第二次在医院里看到他。回想年来几次与曹禺相遇也总是在巴金家里。他们是老朋友，谈起天来热烈而随便，海阔天空地谈着许多事情。坐在一旁听他们谈话也真是一种快乐。他们对谈，有时也争论。曹禺的耳朵不大好，戴着助听器也还是时时把头凑到巴金身边去，因此巴金说话时就比平常更放大了声音。我坐在对面，他们就像发表演讲似的面对着我这个唯一的听众，摆出他们的看法，好像时时想打动、说服我。这可真是非常的有意思。

记得是1946年在霞飞坊巴金家里我第一次看见曹禺。他是我爱重的剧作家和前辈，他在南开中学搞演剧活动还是在我走进这个学校的六七年以前。1946年他好像正在导演他自己写的电影《艳阳天》，剧本同时也在文化生活出版社出版。我得到了一册签名本，顺便又请他写字。

这就是写在诗笺上的"海内存知己，天涯若比邻"两句诗。我不知道他为什么写下了这两句，也许是他在哪个剧本前面的"献辞"吧，但却也能形象地写出了他的为人。他似乎是可以随便和谁都立即成为极熟的朋友那样天真的人。这当然只是我从表面取得的认识，可以作为例证的是有一次在上海大光明电影院的门口的经历。那是一部有名的美国西部片的首映日。片名被译成了《三叉口》。散场以后我在影院门口的人潮中碰到了曹禺。我问他片子怎么样，他说好，很好，同时还做出了好像只有一个中学生才能做出来的表情动作，这使我很吃惊并留下了至今不能忘记的印象。我想，曹禺真是浑身充满着青春活力的人啊！

当时我们没有什么私人的往来，也不怎么清楚他的生活情况，只从朋友们的谈话里听说他做电影导演并不如意。我想这是很自然的。一个大剧作家为什么要去当导演呢！有时偶然在咖啡馆中相遇，也只是遥遥地招呼一下。有两次我看见他陪了一位女性同坐，那是只有在北京的来今雨轩和天津的起士林座上才能见到的一位女性。这使我一下子就想起了《北京人》。

这以后就是三十年不相见。

十年动乱中间和以后也偶然听到关于他的种种消息。有人说他的身体很不好，有病。情绪很不稳定，有时激动，有时颓唐。我很担心，对照过去仅有的印象，我懂得他曾经受过怎样的痛苦，他的那些"病"也是必然的，不这样才是大大的怪事。但我也直觉地感到，他会走过来的。我总觉得他身上有一种奇妙的能适应种种情况的强盛的活力，同时他还是一个有着很大激情的善良的诗人。（不一定写诗的才是诗人，这是我最近产生的一种强烈感受。）这样的人不容易在风浪中被冲垮、卷走。

我的猜测可能并没有错。

近来曹禺常常从北京到上海来住一阵子。他是来工作的。工作之一是想完成他三十年前没有完成的剧本《桥》。工作是艰巨的，重拾旧梦并不如想象的那么容易，可是这是值得努力以赴的工作。在巴金家里有几次都谈到了《桥》。曹禺说他在设法找在《文艺复兴》上发表过的前两幕原作，他在努力寻忆、收集40年代重庆的生活印象，他在努力继续写。有时表现出非常吃力的样子，这时巴金就给他打气。"打气"并不能概括他们对话的全部气氛，发生在两个老朋友之间的对话使我这个旁听者受到了非比寻常的感动。巴金已经是近八十岁的老人了，我看他就像推着一部车子过桥，他吃力，但耐心，一点点地使劲地推。他微笑着，说着笑话，但总不离开主要的目标。笑话有时是有点辛辣的，这时曹禺就像个爱撒娇的孩子，要躲闪；但也会承认自己的有些举动是可笑的。在这种地方我看到了曹禺的诚直、天真，这是非常可爱的性格。我想，他总是会被一步步推上桥顶的吧。

巴金对曹禺说的话，有些已经写进《随想录》了。近来巴金有机会就要劝朋友多写作品，多做工作。他对不同的对象说的话是不同的，方式也不同，但目的总是一个，希望我们努力工作，争取为人民多留下一些精神财富。老人拳拳的心是摸得到的，从温暖至炽热。从他和曹禺的谈话中我仿佛看见了从读《雷雨》原稿时就已经点燃了的火焰，一直燃烧到今天，四十多年了，依旧、也许是更加炽热了。

这是我所看见过的少有的一种人间美丽景象，也就是我们习惯称之为"友情"那样的东西。

1983 年 2 月 9 日

"干扰"

大约四五年前，一次到巴金家里去，正好碰上有人去拍电视片。"来得正好"，就被拉住充任"临时演员"。为了场面生动，还要求随便说点什么，做出谈天的样子。我忽然想到，巴金最近宣布了他的五年工作计划，在当时的我看来，这计划有点庞大，就随口说了句："你的计划看来是有点冒进了。"后来电视放映，这句话没有保留下来，大概编者认为有点泼冷水的味道才删去的。其实我当时的想法是，一位近八十岁的老人，订下这样的计划是可惊的。作为年轻得多的晚辈，我就从来没有过类似的计划，连朦胧的影子也没有。

几年过去了，计划中要写的五本《随想录》也出版了四本。第一、二本的写作各用了一年，第三本是一年半，第四本《病中集》则用了一年零八个月。原定的每年一本的计划并没有完成，不过这并不是巴金的过错。他没有料到会摔断了腿，在医院病床的牵引机上就给

"固定"了两个月，后来又因别的病痛长期住院，中断了写作。可是就在住院期间，连写字也极端困难的情况下，他也没有中止"随想"的写作，这是多么坚忍的毅力。

《病中集》的头一篇是《干扰》。巴金述说了除意外的病痛之外，妨碍他正常写作生活的许多事情。可以想象，对一位八旬老人来说，这是多么沉重的负担。不过有的人却并不这样看，他们把"干扰"看作一种荣誉，不只自己努力争取"干扰"，还要把"干扰"强加于人看作是一种好意，一种恩惠，是"安度晚年"的一种不可少的生活点缀。不过我们不要误会巴金对一切"干扰"都是不加分析地一概深恶痛绝的，从另外的角度又可以发现一种完全不同的反应，这就是他对读者的感情。他去年访问香港时，曾为接待许多素不相识的读者来访花去许多时间，还曾为此而向伴同的亲人发过脾气。他是极少发脾气的，很难想象他当时的激动心情，直到后来重新提起这事，他还是说："我是为了结识朋友才来的，怎么能谢绝别人的访问呢？"

这看起来是一种矛盾的现象，一个努力向"干扰"抗争的巴金，同时又是想用全身心欢迎、拥抱广大读者的巴金。我们是不是可以从这里对巴金增加了一些了解呢？

"干扰"是形形色色的，在《病中集》的后记里他又提到了"小道消息"，这自然也是一种"干扰"，也许还是更厉害的一种。各种各样的"叽叽喳喳",说起来是简单的一句话,可是这中间是包含着丰富的内容的。在平时说话中间,我从不向他提起这些"小道消息",当然更不会愚蠢地请他证实或否认,但我看得出给他带来的伤害。他是个性情随和的老人,可是他也有愤懑,也有感情激动的时候。当他听到某些人那么积极地为自己捞一把而做出种种丑恶行动的时候,他激动地说:"人活着,不是为了捞一把进去,而是要掏一把出来!"这后半句也是《病中集》一篇文章的题目,不过说的是另外一位朋友的事了。

人总是社会的人,希望住在桃花源里是不可能的。这样,"干扰"就是不可避免的。"干扰"也是一种动力,它会引起挣扎、抗议、斗争……这都是对"干扰"的反应。在这个意义上说四本《随想录》也应属于这种反应的记录,离开了"干扰",就不可能产生作品。今天我们写改革,写向"四化"进军路上人的感情变化,苦闷与欢乐……也都是属于同一类型的反应。"干扰"是不可怕的,也躲避不了的。巴金新近在一篇题为《幸福》的文章中说:"我耳边仍然有各式各样的叽叽喳喳,但任何噪音都不会使我昏迷。"这才是重要的。

巴金在《幸福》里引用了一位香港女读者抄送给他的《你就永远这样年轻》的英文散文诗的片断,其中有这样的话:

　　在你的心灵中央有一个无线电台。只要它
从大地，从人们……收到美、希望、欢欣、勇
敢、庄严和力量的信息，你就永远这样年轻。

　　这些话说得很好。那位女读者说，拿这文章来形容巴金最适合不过。我觉得也确是如此。我想补充的一点是，巴金心灵中的"无线电台"，收到的不可能只是一种信息，其中也包含着种种"干扰"在内，而这些"干扰"也并不只是该诅咒的。

　　五本《随想录》的计划还差一本就完成了。最近我又向巴金说过："看来五本的计划不是个必然的限制。写完了五本以后，你还要继续生活，还要受到各种'干扰'，积极的和消极的，你必然还要思考，还将有话可说，怎么办呢？"看来在文学创作上订计划是可行的也是有益的，但这方法并不一定是完美的，巴金并没有表示可否，不过我相信我这个意见还是不错的。

　　　　　　　　　　　　　　　　1985 年 5 月 29 日

《〈锦帆集〉后记》附记

我的第一本排印出版与读者相见的书是薄薄的只有五万字的小册子——《锦帆集》，1946 年中华书局印行的《中华文艺丛刊》之一。"丛刊"有一个编委会，巴金是编辑委员之一。这本书就是他拿去编入丛刊的。前两天清理书物，意外地找到了 1945 年他从重庆寄给我的两封旧信，里面就说到编集子的事情。第一封是 2 月 17 日寄出的，当时我还住在印度的兰伽。

五日来信收到。您的文章全收到了。《断片》寄上，请您修改后，早日寄回。最近有个机会，可以给您的集子找个出版处。中华书局今年打算编印一套文学丛刊，我被邀作编辑委员之一。等到事情定了，我总可以介绍一两部稿子去。您的集子如何编法，用什么书名，均请在寄回《断片》时告诉我。我还好，文生社桂林资产全部损失，我算是白费了三年心血。尧林始终无信来，不过朱洗来信时曾说他生活还过得去。旅行杂志，排印甚慢，现在只出到去年十月号。今年二月号大约还要等两个月才印得出。祝好。

重读旧信，不禁又引起了不少感触。1942年冬，我从上海入蜀。随身带了尧林先生的一封信，到重庆后就到文化生活出版社去找他，没有见到，他到桂林去了。1944年夏我到了桂林，在一个斜风细雨的下午寻到了文生社桂林办事处，又不曾见到，他到贵阳去了。就是我这样一个一直没有见过面的年轻人，两年中不断把幼稚的习作寄给他，他都给找地方发表。信里说到旅行杂志，记得《锦帆集》里的"成都散记"就发表在那上面。他还细心地为行踪无定的作者保存文稿，汇集成册，随时留意寻找结集出版的机会……对一个青年作者来说，这该是怎样的鼓舞、激励，带来的又是怎样的欣喜呵！在那个年代，一个青年人在为生活而挣扎的同时，能够认定一条自己珍重的生活道路，勇敢地一直走下去是不容易的。这需要一种力量，一种近似梦幻的美丽的憧憬。人人都寻找。在我，找到的是用笔写作的路。没有细心的照料和帮助、督促，幻景也不会变成现实。我为自己的幸运感到幸福。在当时是如此，四十年过去了，这种心情始终没有改变。

第二封信是 8 月 17 日从重庆寄往贵阳的。

> 上月寄昆的信和汇款三千二百元收到否？
> 今天接到您从贵阳寄来的信，知道您的近况，
> 很高兴。《锦帆集》我在一个多星期以前就代您
> 编好送到中华书局了。我害怕迟了会发生问题，
> 没有能等您《桂林》的续稿。那文章不知您是
> 否还要续写，等您将来写完，另找地方发表吧。
> 中华规矩，要等书出版后才可以预支版税。日
> 本投降，我一时还不能回沪。最近当托人带信
> 到上海去。但不知日本投降前那地方遭遇到大
> 的损害没有？您要去那边么？祝好。

这信写在日本投降两天之后。字里行间也多少流露出"漫卷诗书喜欲狂"的情绪。《桂林》的续稿就是后来写成的《桂林杂记》，收入文化生活出版社"文学丛刊"第九集的《锦帆集外》里。现在手头还保留了部分"集外"原稿，是付排以后还给我的。每篇都是他亲手批的版样，还把文章中每一个"里"字都细心地改为"裏"字，重描了许多印刷模糊的字迹。原稿并不值得保留，但编者留下的批改手迹则是珍贵的见证，说明他在编定这一百多部"文学丛刊"时付出了多少精力。

《锦帆集》记录了我从 1942 年冬离开上海后两年中间的流浪生活。由旅行记和一些单篇散文组成，反映了一个从学校、家庭的温暖中走出，踏进社会的年轻人的心情转变。我没有为自己幼稚的感伤情怀感到羞愧；当睁大眼睛面对现实时也没有回避幼稚的惊异。人们在发掘古墓时，常常遇到这样的事情：色彩绝丽的壁画，仿佛刚完工不久的，一遇空气和阳光立即变得灰败，不可辨识了。这是现代科学技术还没有找到保存这些长久封闭的古代绘画制作的方法的缘故。但文字就不同，一时变为客观存在就不必担心时代风雨的冲刷。只要这种反映是真实的，它就应该有理由作为一种"遗迹"而存在。我在《锦帆集》的后记里说：

> 现在我是又坐在一个昆明的茶楼上了。看着窗外的斜风细雨，打了伞在青石道上走着的女孩子。松子，桃片，黄黄的竹子的水烟筒，如此亲切又如此辽远，我能说些什么呢？我甚至怀疑是否还存留着旧日的情感，当我重翻那些文章的时候。

这就是说，早在编定这本集子的时候，就已清楚地认识到了这种感情的变化。后来我还用另外的方式表述过这种心情，我说这是感情变粗了的缘故。这里固然流露出对过去的留恋，实际上也带有与过去诀别的意思。见了风日以后的古代壁画，必然要失去原有的光泽，但新生的事物自有新的生命，这肯定也不是灰败的。

《晚春的旅行》序

《晚春的行旅》是去年年初编成的，我曾为了完成编选工作而满心高兴。为自己编集子是一件愉快的事，编选的过程就是回顾一个时期以来生活、工作的过程。这过程并不一直是平静的，也许正因为如此，回顾时才会觉得有滋味，就像嘴里嚼着青果一样。

稿子交出就了却了一桩心事，去干别的去了。前两天得到编辑部通知，说是书将付印，希望补做一篇新序。不料这事却是如此艰难，无话可说却要硬说，是痛苦的；不过这并不是当前遇到的主要困难，想说的话并非一点都没有。譬如小书里收入了一组记游的文字，关于游记我就一直怀着一些不清楚的概念。什么是游记？有没有游记文学这样的东西？只有作家才能写游记么？科学家、史学家、地理学家……的著作中有没有包含着游记的因素？《水经注》《洛阳伽蓝记》以至《梁思成文集》里那些古建筑调查报告，能和游记沾得上边么？《徐霞客游记》是科学著作还是文学作品？这都是很有趣的问题，如果加以认真的分析、思考，是会得出应有的有益结论的。但这仿佛又不是应该在序文里讨论的内容。

在精通"文学概论"者看来，也许这是一些常识以下的糊涂观念，不过在我却一直没有得到解决。平常见惯的那种用漂亮的、精雕细刻的语言来铺陈自然现象，用慷慨激昂或衰弱感伤的情调着意纺织的文字，是很难写的。没有特殊的天赋和功力，勉强仿效，往往只能弄得画虎不成。这条路不容易走，反复考虑，唯一的办法只有老老实实地写下自己的见闻和感想，只要真实和朴实就好。但真正做到这一点，也并不是容易的。

去年秋天又到西湖边上住了一段日子，这中间又去了一次绍兴。早去晚归，只花了一天时间，走马看花到了几处已经游览过的地方。首先去瞻仰的是鲁迅故居。故居我前后到过三次。解放初的那一次，看到的是还未经过整修的老屋。这当然已经不是当年的原状，被后来的房主拆建改造过了。但老屋旧址依稀还在，破败荒秽的百草园简直和《朝花夕拾》中的描写没有什么两样，参观后留下的印象是很不坏的。

三年前第二次访问时，故居的整修工作正在进行尚未竣工，内部也正在拆改重装。这次留下最深刻的印象是在临街处看到了一座新建的西式"大门"。这座门楼使我看了感到吃惊，并非为了它的富丽堂皇，而只是一种蓦地袭来的幻灭感，好像它将故居原有的格局、气氛一下子全部打破了。

这回已经是对绍兴的第三次访问，是陪巴金一起去的。他在久病之后来杭州休息，想起还从未到过鲁迅的故乡，所以立即进行了这次访问。他的行动还不方便，但兴致却很好。在故居的大厅里小坐，接受了纪念馆所赠送的"金不换"毛笔。笔装在精致的长方木盒里，这是鲁迅先生一生都在使用着的一种水笔，确是极好的纪念物。后来又到百草园去，在这里流连了很久，还照了几张相。园里新添了些冬青花木，铺起了平整的小径。四周的断垣看不见了，代之以镶了透窗的矮矮的白色围墙，不过依旧保留了一段旧土墙，使人们得以想象当年鲁迅在后园玩耍，听蟋蟀弹琴，油蛉低唱，拔起何首乌藤蔓……的光景，真是值得感谢。

后来我们又到故居斜对面的三味书屋去。跨过一条小河，走过石板桥，就到了这古老的书塾。三味书屋可能是故居范围内保存得最好的一处遗址。梁同书写的匾额，画了一只肥大的梅花鹿的纸本中堂，都奇迹似的保存得好好的。在右侧的墙角，老师座位的后面，安放着一只小小的书桌和一把矮矮的椅子。这是当年鲁迅读书时的座位，书桌上还留下了他手刻的"早"字。巴金摇摇地走到书桌前面，困难地挨进小椅子坐下以后，笑了，高兴地笑了。

午饭时每人吃了一小杯五十年陈的黄酒，稍稍休息后又去了禹陵，接着就走了归途。我曾提议到沈园去看看，被主人劝阻了，说那里还没有整修，破破烂烂的没有什么好看。我想，陆游在诗里说"沈园非复旧池台"，也许破破烂烂的遗址倒正好合乎诗人制造的意境、气氛……

《江南园林志》的作者、建筑师童寯说过一些非常有意思的意见，他说：

> 山石亭池成矣，而花木仍有待；盖杨柳虽成荫，而松柏尚侏儒。且石径之苔藓未生，亭台之青素刺目，非积年累月，风剥日侵，使渐转雅驯不为功。

又说：

> 爱拙政园者，遂宁保其半老风姿，不期其重修翻造。

这些话不是人人能说、肯说的，初看也真有点近于奇谈怪论，但出自于一位老建筑师之口，却值得注意。他这些意见写于1937年，1962年《园林志》出版，未作修改。在今天大力恢复、整修遭到严重破坏的旧迹的时候看来，依旧不曾失去意义。不同意这意见的人往往认为，不搞得金碧辉煌，就不足以表示对故乡、名胜、前人的由衷敬意。

在西泠的山上听雨，凭窗外望，湖面一片迷蒙，雨脚落在古老的银杏树冠上，缀成了一片银光闪烁的珠帘，这是湖上难得遇见的风景。阻雨在湖楼里正是安心读书的好机会。不久前接受了制片厂的邀约，为巴金的传记纪录片提供一个脚本。这是一个艰难的任务，我随身带来了三本《随想录》和一本《巴金论创作》，准备抽空读书并写下一点长编。这时面对烟雨迷离的西湖，正好坐下来细读这些过去差不多都粗略读过的文字，心情很不平静，和窗外萧萧的秋雨所酿成的清寂、单调、萧瑟情趣完全不同。在重新读《随想录》时，很容易联想到几年来发生的许多大大小小事情，也记起了他曾说过的一些话，这都帮助加深了对纸上文章的理解。

巴金就住在附近，一次冒了雨去谈天，很自然地说到《真话集》里的几篇文章。我觉得在这个问题上也存在着一种最低标准，那就是不说假话。不过这并不是在任何场合都能行得通的。不说假话就一定要说真话，这中间没有调和的中间道路。不得已时只能退到另一条回避的防线上去，我想起《且介亭杂文》就是目录里有一篇说明"不发表"的《〈题未定〉草（四）》。我一直弄不清这是怎么回事，在新版的《鲁迅全集》里也没有注解。我怀疑这是不是一篇不曾写出或写出而在当时不能发表的文字。可巧黄源同志在座，就顺便向他请教。他说：当时的书商盗印抢印之风盛行，往往给作者带来很大的危害，不能不采取对策加以抵制，鲁迅就是用了这种故布疑阵的方法。这解释和我的猜想并不一致。巴金笑说："这办法我也用过。"这是指在香港三联版的《真话集》里，《鹰的歌》只列为"存目"，后来在人民文学版里才补收进去。这也许可以算做一条小小的掌故，但并不是茶余饭后的消闲资料。

在读书的过程中积累了一本笔记，简单地记下了许多联想，我想，这是可以写成有点像"笺注"那样的东西的，一时感到了颇为强烈的冲动，想抓紧把它移到纸上来，以免陷于遗忘。也许这会比五年前写的《记巴金》有些进步。可是不久就匆匆回来，一下子又落于忙乱与纷扰，再也没有了原来的兴致，《西泠听雨记》至今也还只有一个题目。

以上是这次重翻了《晚春的行旅》的目录后想到的一些琐事。最后，我还是想重复一年前说过的话：

将一九七八年下半年起所写的部分杂文编

成了一本小书。看看内容也无非是《山川·历史·人物》之类。其实正不妨径题为《续集》，但却取了这样一个书名，理由是中间有几篇旅行记写于春晚的季节。早春，平常人是还想不到要出游的，当然，像孟浩然那样要踏地寻梅的诗人是例外。一般总要到了浓春，这才一窝蜂向湖山胜处涌去。我自己的经验是，每年到了春天，也总想到什么地方去走走。但总是踌躇着，总是拖，结果往往是拖到了春末，也就是所谓"绿肥红瘦"的时候，只能赶上春天和游春人潮的尾巴。但我觉得春晚出游也有很大的好处。至少旅行包里可以少带几件御寒的衣物，不必过分担心那五风十雨、乍暖还寒的春天脾气。晚春也实在是个美丽的季节，经过了苏醒、余寒……种种阶段，春天的脚步这时变得更为坚实了。即以布满郊原的绿色而论，也早已由嫩碧、鹅黄化为厚重、沉实的浓绿。这是坚实健康的颜色，孕育着茁壮生机的颜色，预告着繁茂的初夏、盛夏的已经或即将来临。春天常有的困倦这时也一扫而空，是应该收拾行装赶回去投入紧张繁忙愉快工作的时候了。

是的，工作是美丽的。春天的脚步也一步比一步坚实，一年前说过的这些话实在并没有说错。不是什么"豪言壮语"，也不是"光明的尾巴"。

1984 年 6 月 11 日

《西行书简》

20 世纪 30 年代商务印书馆出版了一套"文学研究会创作丛书",共二辑,不知共有多少种。手边只保存了《你我》(朱自清)、《西窗集》(卞之琳)、《汉园集》(新诗集,共收何其芳《燕泥集》、李广田《行云集》、卞之琳《数行集》三种)、《西行书简》(郑振铎,为丛书之第二辑。)这套丛书印得相当精致,像"人人丛书"那样的小开本,浅绿布面精装,书名烫银,各有厚纸封套。这套书中华人民共和国成立后都未重印,只施蛰存为江西百花洲出版社重印了《西窗集》,曾经译者重订,把蒲宁的短篇《中暑》删去了,十分可惜。

西谛先生是文坛上的大前辈,我在小学读书时就读过他在《小说月报》上发表的《北宋词人》和《南宋词人》,为平生读词之始。抗战开始,移家上海,也还是读中学,打听到他住在静安寺庙弄,一天,就冒险去访问,在他家的小花园里相见。随身带了这册《西行书简》,请他题字。

西谛就站在花园中，在扉页上写了两行字："旧游之地，多已沦为狐兔之窟，何日得重游？郑振铎。"我在30年后重读此书，也在旁边写了两行题识："此为一九三八年余访西谛于庙弄，倩其题于卷前者，西谛立于小园中为书此两行，转瞬三十余年矣。"小园中花木扶疏，如在目前。前些时在报上看见郑振铎在沪上的故居发现了，好像是别一处，后来打听下来，才知道庙弄早已拆除净尽，不禁惘然。

这册《西行书简》，版权页题"中华民国二十六年六月初版"，书前有铜版照相二十八页，近六十幅，是我最感兴趣的，因为在这前后，我也曾在春假中到绥远去旅行过，还写过一卷日记记事，刊于《南开初中》，读此一卷书，仿佛重温旧日游踪，如云冈的雕像，大同诸寺，相传李凤姐卖酒的久胜楼……尤为可喜的是看见了在蒙古包前冰心女士和雷洁琼的合影，得见心仪已久的女诗人的留影，真是使人高兴的事。

书前有作者写于"二十三、九、八"的题记，原来这本书是他旅行中写给高君箴夫人的一束家信，他说："但最近的将来，就将成为问题的中心的西北，其危急的情形，以及民间的疾苦，或可于此得到些消息吧。"可以看出他执笔时的心事，必将扫穴犁庭、光复故物的大愿。不想题记写成后四年，此书出版之际，已是淞沪抗战之时，此书际此印行，流布必不甚多。又过一年，他又在书前题句，慷慨激越，动人心魄。则更是这本小书值得珍重的因由了。

又过了几年，与西谛重见，已是1948年前后。那时他正主编《文艺复兴》，要组织一期中国文学研究专号，要我投稿，我想写一篇吴梅村《〈鸳湖曲〉笺证》。一夜，在庙弄他那塞满了唐三彩陶俑的书房里谈天，说到搜集材料不易，西谛随手从书架上抽出一部崇祯刻的《几社文选》给我，要我带回去查查，可能有关于吴昌时的材料。慨然相假，不少憾惜，那时张葱玉的藏画易手，将流出域外，西谛用珂罗版印了一厚册《韫辉斋藏画》，留个纪念。也一并取出脱手相赠，凡此都可见其豪迈气概。

1948年9月，吴晗从北平来沪。本拟乘飞机去港转解放区，而忽有凭照片始可登机的新规定，走不成了，只得住在沪西王艮仲家，闭户读书。西谛以新刊《玄览堂丛书》赠之遣日，因其中多收明季史料也。10月1日，西谛、叶圣陶约吴晗去苏州游散，我亦同去。此游叶圣老有日记，在《叶圣陶集》第二十一卷，唯系事后补记，不免遗漏。如同游者无周予同，只是在火车站偶然碰到，他是去社会学院上课的。看见我们就坚邀去学院演讲，而吴晗又不能出头露面，西谛就要我去应付一下，终于辞谢了。

我们一行四众，先到木渎。观韩蕲王碑后即在石家饭店吃午饭。秋光正好，是河豚上市的时候，服务员用面盆盛了河豚给我们看，圣老捞起一条，用手紧握，鱼腹渐渐鼓起，成球状，看了十分有趣。至于鲍肺汤，圣老说"实无甚好吃"，却是此店的名菜也。

此后即登灵岩，上天平，回市里吃晚饭后，"振铎黄裳欲访书，而护龙街书肆已关门，叩之都不应"，圣老日记如此。其实还是走进了一家，架上满满的都是清初刻本方志，是许博明的旧藏，西谛笑对我说："这些都可以买。"其实我们都没有买书钱，一笑而罢。至于游汪义庄戈裕良堆的假山，并非在翌日上午，而是从书店出来后摸索到的。昏黑中一片模糊，什么都未看清。至于是否真是汪义庄，也不敢确说。圣老所记，必是旧有印象，偶然忆起而已。

也是在这前后，我在一家旧书店里，看到西谛手写的一册《纫秋山馆行箧书目》，说是预备出让，而且已有四川客人看过，只是尚未议定。我当时年少好事，就想设法为他保存这批书，多方筹借（"小黄鱼"加"大头"），等我提了换得的一袋"法币"去付款时，却因币值突变，没有成交。这事并没有让西谛知道。后来对旧书认识较深，才悟出这批书并非他藏书中的精粹，大半是常见的明刻本，弃之并不可惜的。

中华人民共和国成立后他出任文物局长，在北京团城办公。我去访问。见面后称赞这是理想的办公地方。

在光线不佳的屋内，他的座后有一只陈旧的保险柜。西谛开柜取出一卷绢本旧画，打开给我看，说绢底脱落，看一回就少一回了。我感谢他的盛意，又因实在不懂书画，草草一观就请他收起了。

又一次我在来青阁买到一册宋本《尚书图》，是南宋建阳刻本，白麻纸初印，有胡心耘跋，在古版画中算得是最早期的作品。西谛收古版画数十年，著有版画史图录，不能不给他看看。于是再访团城。西谛一见此书，高兴得几乎跳起来，急问在哪里买的，花了多少钱，不容分说，就做主留下，照原价由国家收购，马上送到正在举行的雕版印刷展览会上去了。

1951年春西谛来上海，拉了巴金来我家看书。见到崇祯甲申钱枬辑刻的《城守筹略》，大为赞赏，认为是难得的好书。又看到一部碧筠草堂刻的《笠泽丛书》，却没有顾肇声印，没有封面，也没有印记，皮纸精印，阔大近尺。西谛说："在杭州浙江图书馆看到同样的一本，是他们最近用高价买进的，定为元刻，真是荒唐。让我拿了去给他们看看。"后来我在浙江图书馆的办公桌上真的又看到了此书。

从这两事，可以看出西谛的豪情胜概。同时他又见到一部康熙刻张岱的《西湖梦寻》，也是不忍释手，要我送给他，我没有答应。西谛不无惘惘，后来在《劫中得书记》的后记中添了一笔，说过去以为张宗子的书没有旧刻本，现在见到康熙刻的《西湖梦寻》，才知道旧说不确。

西谛和上海出版公司有颇深的关系。他的几种巨著都由它印行。出版方针也多由他规划。西谛工作起来有极雄大的魄力，更有非常开阔的眼光，在学术研究上，他是个开启门户的，颇有"只开风气不为师"的风度。因此也有许多未竟之业。他的兴趣是多方面的，但有时也会见异思迁。在搜集旧书时表现得尤为突出。

最近在《档案与史学》上读到他中华人民共和国成立后的日记，他买书的魄力与兴趣是惊人的。为了研究唐诗，他着力收罗历代唐诗总集、选集，连汲古阁所刻的唐人集部也要搜罗无遗。他收集版画，连明人所刻的曲本、杂剧、通俗书，只要有附图，都每见必收。

他也收词集，曾与李一氓比赛藏品。方面既广，粗疏就不可免。我曾从上海出版公司的刘哲民处借得两册珂罗版精印的古陶俑图录，就是他的著作印好而未发行的。哲民后来急急索还此书，说是不能发行，因为所收大半是伪品。这就使我想起庙弄书房中那些唐三彩，都是他举债收得的，竟有不少是古董商人拿给他的伪品。

买书成癖，同好之间的矛盾即不可免。50年代初，我曾与傅惜华合作编一部《古版画图录》，商请上海出版公司印行，刘哲民也满口欢迎，惜华还将珍贵的藏书寄来上海拍照。一切说得好好的，但总是不见实行。每次催问哲民，总是好言应付，后来我也悟出，西谛是不赞成傅惜华印这部书的，尤其是版画。傅惜华也是收藏大家，特别是小说、戏曲、版画，成就与马隅卿相捋。可惜"文革"中藏书扫数为康生掠去，不知下落，倒不如西谛身后藏书归国家图书馆，得以保存。原议设专室收藏，后来被打乱，无从得见原藏旧貌，是很可惜的。

此后因梅兰芳《舞台生活四十年》出版问题，西谛对我颇有意见，过从渐少。1957年后，我被剥夺了写作权利，但我编剧的电影《林冲》却得及时上演。西谛曾在报刊上撰文介绍。他是从来不写影评的，这不能不使我感念。

近来读巴老《怀念振铎》文，感慨无端，其中有这几句话："振铎是因公逝世的，后来听见一位朋友说，本来要批判他，文章已经印好，又给抽掉了。这句话使我很不舒服。"是的，我读了这些话，也觉得很不舒服。

甲申始秋

附　记

西谛与巴金，虽然在对待古书文物上，有过不同意见，但巴金对西谛重印古籍的工作，一直是热情支持的。

鲁迅、西谛重印《北平笺谱》的广告在大公报上出现，当时我正在寒假返里的车中，读了西谛的《访笺杂记》，激动异常，想无论如何也得有一部，再看看《笺谱》的预约价，银洋十元，这却不是一个中学生所能担负的，嗒然意尽，一直惆怅了许久。

若干年后，在巴老座上，看到此书，还是崭新的初版鲁迅、西谛签名本，不禁意动。想借回去细读，可是书太珍贵了，不敢开口。后来又在巴家看到鲁迅、西谛重刻的《十竹斋笺谱》，我本有此书，"文革"中肚子饿得慌了，只好卖掉。现在手头只有初印的《版画丛刊》的第一卷。

西谛的《中国版画史图录》，也是极珍贵的大书，也在巴金家看到了，曾借过两函，回家细阅。巴金还是西谛所编《古本戏曲丛刊》的预订者，这也是一部西谛未完成的巨作，我曾预定过一部，出到第三辑后因无钱半途中止了。但在巴老那里，却一直看见送来的第四、五辑的新书。古典戏曲并不是巴金研究的重点，但西谛凡有制作，他总是不遗余力地支持的。

西谛热情如火，死去时不过六十岁。他没有学者架子，对后辈总是那么热情地相待，循循善诱，如对春风，使人忘记他是文坛的大前辈。正如丁聪虽年登耄耋，朋友见面仍只以"小丁"相称一样。所以在写此文

时，为行文便利，不别加敬称，这样会更亲切些。读者
谅之。

2004 年 10 月 12 日再记

一封信

李先生、蕴珍：

在此曾寄一信，想已收到。北京太可爱了，越住越不想走，大约还得再等十天。前两天东奔西跑，拜客请客，今天才空下来，可以自己玩了。去看沈从文一次，不在，未遇见。在玉华台请客一次，来者二十许人，自府委部长至大学教授，济济一堂，谈到两小时才散。老舍大喝酒，大谈林语堂、胡适，还当场唱大鼓，甚妙。圣陶兴致亦好，遇见冯至，《杜甫传》将杀青，不知"平明"仍需此稿否？东安市场详细巡视一遍，《屠格涅夫全集》只有（三）一本，法文图书馆尚未去，酒在哪里买，请告。

天气好极了，晴暖，无风沙。外面走走，开心之至。今天搬到潘家来住了。太阳满室，看看书，写写信，实在比上海生活来得有意思。晚上去听尚小云，新戏，大

概不灵，谭富英《打渔杀家》公堂一段，大讲新词，连他自己也脸红了。妙甚。再谈，祝

　　好！

　　　　　　　　黄裳，一月十四日（一九五〇）

忆黄河清

在书堆里找到一本小书，黄源的《鲁迅书简追忆》。1980 年 1 月浙江人民出版社初版。印一万四千二百册。这是一本薄薄的、素朴的小书，定价人民币二角六分。从中可以看出三十年来中国出版界的变化。这样一本内容充实、饱含文苑历史资料的小书，换到今天，可以增加图片，放大版式、梳妆打扮，不费力地成为一册定价三十来元的新书，是极平常的事。

这还是一本签名本。作者在扉页分四行写道：

黄裳同志兄教正　河清（钤"黄源"朱文方印）一九八零年五月一日　杭州

这本赠书在我写成《葛岭山居》（1979 年 5 月 30 日写）劫后初访河清的一年以后。他是前辈，为何在题赠中如此措辞，除了上海解放之初我们曾有短暂密切交游外，还有什么别的因由，不敢臆测。

回忆与河清初识，是在霞飞坊 59 号巴金家里。时在河清随军进驻上海以后，他就急不可待地来看望老友巴金。我亲见他们久别重逢的动人情景，也见识了一身新四军军装的战士形象，刚从战场上下来的战士形象。远远说不上清洁整齐，仿佛丝毫不曾洗掉战地的烟尘，破旧的鞋子，上装脱落了扣子不曾钉好，敞开在那里，两手随便安置在沙发扶手上。他那洗不掉的海盐腔放肆地雄谈，两位老朋友久别后的谈话是倾泻不尽的。坐在一旁的我只有旁听的份儿。20 世纪 30 年代他们都还是文学青年，但同在鲁迅先生那篇著名的《答徐懋庸》的长信里出现，也同在两个口号论争里有份。这一切，在我听来有如听白头宫女闲话天宝遗事，不大明白，但又有趣，这情形直到今天在我依然是处于朦胧状态中。

河清应该说是老上海了，但此番"辽鹤归来"，一切都变得生疏，"旧境都迷"了，我就理所当然地充当了一名向导，像跟班似的追随左右。有两件事至今好好地保存在记忆里。

一次在巴金家里，晚饭后河清提议去听戏，巴金要赶写一篇文章，不参加，只有萧珊和我陪同前去，目的地是坐落在牛庄路上的中国大戏院。在经理室里坐了一会，看见了主要演员叶盛章。使我出惊的是面前站着一位五短身材、单薄、瘦弱的书生，嗫嚅着话很少。等一会他将以身手矫健、翻腾如意的剧中人的形象出现在舞台上。是不是由他挑班、听的是什么剧目，全忘记了，只有穿了长衫、文静瘦弱的叶盛章的形象依旧清晰地保留在记忆里。

散戏时已近午夜，归途车过南京路，河清忽然提议，到跑马厅去看看。叫醒了值班人，打开沉重的铁门。车子进场，开亮了头灯，缓缓地绕场兜了两个圈子。寂静无人的暗夜，有点阴森可怖，这是过去外来的殖民者压榨吮吸中国人民膏血的重要场所遗迹，今天却由胜利者来踏勘，兴奋、沉重……复杂的情绪布满胸怀，谁都没有说话，也不想说，说不出。

今天跑马厅已经变为人民广场，同样许多同类的处所也都以多姿多彩的"老洋房"身份获得重新装修，修旧如旧的善待，或化为办公楼，或成为时兴的酒家、咖啡店……人们高兴地出入，享受，轻松得很。但是知道这些"华居"的旧主人，以及他们成就过怎样惊人的"功业"的却少，这是一种遗憾。

另一件关于河清的"佚事"是颇为有趣但同时又有典型意义的。

那时他常常要到不同场合去"讲话"。有一次是纪念鲁迅先生的大会，他是主要的报告人。我是记者自然要出席。报告即将开始，他需要控制讲话时间，却没有手表，就借了我的，登台后放在小桌上，以便随时张望。报告结束前照例要大家写纪念文章，却并不落实到人，只是一般的号召。说毕，散会。随即下台扬长而去。弄得我十分狼狈，只好自行上台取回手表。这时我才忽然悟出，河清实在是一位有魏晋风度的"名士派"人物。

没有好久，他就被调往杭州工作了。我一直说不清他的职务、官衔，想来总是文化方面的负责人。他努力工作，做出了成绩，受到表扬——就是"一出戏救活了一个剧种"的昆剧《十五贯》的出现与轰动。过了几年，听说他又被划了"右派"，搬出城市，住到葛岭山上"隐居"。于是才有了三十年后的那次访问。

入山处有一座山门，上书"葛岭"二字，好像"文革"中曾被扫荡过，而幸存的遗痕。一路上山，山路傍着一道小溪，有潺潺的水声相伴。走到有座石筑的凉亭处，左首就是他的"山居"所在了。主客相逢，注视移时，河清才惊喜地唤出了我的名字。可见三十年岁月，并不曾过多改变主客的容颜。不过此时的河清已是七十以上的老人了。

被迎进了他的山居，在可以望见一角西湖的庭院里啜着新采的龙井春茶，开始了对谈。主题总离不开鲁迅先生。记得我请他解答过一个谜团，鲁迅在《文学》发表"题未定草"（一至三），又在《芒种》上发表同题的

第五篇，题下有小注"四不发表"。这第四篇始终未能读到，是迷失了还是另有别的缘故。河清就详细说明这是先生对盗版商人采取的对策。那详情就写在《鲁迅书简追忆》里。关于此"谜"，1981年版《鲁迅全集》也只在注释中留下简单的"按'题未定草'（四）实系拟写未就"一句，说不清楚。可见河清的小书保留的鲁迅先生许多佚事是多么可珍。

我听说柳如是的《湖上草》《尺牍》的原刻孤本就藏在浙江图书馆里，渴欲一见，就请河清写信介绍，他痛快地写了，还盖了章。翌日我兴匆匆地去了。不料碰了个不大不小的软钉子，说管书库的人出差去了，说不定归期。苦苦哀求无效，只好拿出河清的介绍信，对方取过瞟了一眼就放到一边，还是无效。退出图书馆走在白堤上时，我就想，虽然"四人帮"早已倒台，像被打倒有"前科"的老干部如河清，还处于"妾身未分明"的境地，在许多人眼里，他只不过是一位"故将军"！

司马迁撰《李将军列传》，记李广废为庶人时，夜饮归迟，至灞陵亭，为醉尉呵止，不得入。李广从者声言："这是'故李将军'。"醉尉说："今将军尚不得夜行，何乃故耶？"

这是很有名的故事，也是太史公的名文。我试译《史记》旧文，至醉尉的怒斥而止，那两句"醉话"写得太好了，不能译也不敢译，本是简洁、明快、声口如见的口语，"何乃故耶"寥寥四字，声口如见，真是活画。不必译也不能、不敢译。前些时盛行过将古典译为白话，固然社会上有此要求，但我终不赞成。我不相信白话《史记》或《世说新语》能获得成功。

1979年的黄河清，正是一位"故将军"。

《鲁迅书简追忆》是一册可贵的"文坛实录"，它虽不完整却难得地记下了鲁迅先生生命最后两年一些重要活动的实况。除了开始部分有极少量带有时代烙印的套话外，整体都是回忆实录。是以鲁迅寄给黄源的信件为经，连串起来的重要史实的追记。

20世纪30年代鲁迅先生的斗争对手主要是国民党对进步文化阵营的压迫、摧残，鲁迅的重要据点是《申报》的《自由谈》和生活书店旗下的《文学》（郑振铎、傅东华前后主编）、《太白》（陈望道主编）、《译文》（鲁迅、茅盾主持、黄源执行编辑）。此外，曹聚仁、林语堂、聂绀弩、施蛰存、吴朗西等主持的刊物、副刊也是先生偶尔涉足的处所，发表的不无重要战斗檄文。河清当时是生活书店的雇员，主要工作是编《文学》，《译文》则是利用业余时间在鲁迅指导下做种种编辑琐事，也因此得与鲁迅有密切接触机会。生活书店当时的经理是徐伯昕，和河清的关系不错，河清代鲁迅向书店提出的种种合作意图都得到徐的尊重，鲁迅的《小约翰》《桃色的云》也都由生活书店重印发行。

郑振铎在北平燕京大学教书，受到排挤，回到上海。为生活书店主编大型文学刊物《世界文库》。此前郑西谛与鲁迅合作编刊《北平笺谱》，在不长的时间里印成问世。为编此书两人书信频繁，鲁迅还赞赏过西谛的《访笺杂记》是篇有趣的文字。鲁、郑之间关系是很融洽的。西谛移家北行前几次往访鲁迅，敲定了为《文库》翻译果戈理的《死魂灵》，从此锁定了鲁迅整整一年的"苦工"，也催生了这部名作名译。河清说："对《死魂灵》的译文不能轻估，等于打一个死硬仗。所以许广平同志一谈起《死魂灵》心痛如绞。"这部名译是从德译本重译的，原书则是河清所赠。1934 年 11 月 27 日《鲁迅日记》记："下午河清来，并赠德译本《果戈理全集》一部五本，值十八元，以其太巨，还以十五元也。"河清记：

　　这德译本，我是诚心诚意地送他的。在第一本书上写着"鲁迅先生惠存"。但他说太贵，一定要还钱。这是难得买到的，我坚持不接受还钱。于是他用力地想说服我，我坐在长桌边，他在长桌对面踱来踱去，从在日本东京读书时译印《域外小说集》，用蒋抑之的钱印书讲起，意思是他是银行家，有钱，借用几百块钱，印书，至今未还；对我，这书太贵，不能由我负担，非还钱不可……这时我突围似的脱口说出，"书上已写了字送你的。"鲁迅先生一听这话，怔了一怔，收住脚步，朝桌上堆着的五本书一看，突然笑容满面地对着我高声地说："好，答允你，写字这本算你送我的，其余四本，还你十五块钱。"我无法抵御，只好接受了。

这不是很好的一段"书林佳话"么。

鲁迅译《死魂灵》是重译。记得许多年前，一次闲谈中我问巴金："你认为最好的文学译本是哪一种？"他脱口答道，《死魂灵》。那时还没有根据原文的直译本。我以为，即使如此，这回答依旧是不可移易的。

鲁迅先生对生活书店旗下的几个进步刊物，是不遗余力地支持的。正在紧张吃力地为《世界文库》翻译《死魂灵》的同时，还为《文学》写了五六篇"文学论坛"的短评，又要求先生的新作散文，同时在刊物上登出预告来，说是"题未定"。本来一直做着翻译工作的，要改换笔调来写散文，是有困难的，但先生对战友是"有求必应"的。散文命题就是"题未定草"。在送检时遇到了检查官的多方留难。现在就《病后杂谈》及《之余》所遇到的检查与反检查斗争为例，引述如下：

《病后杂谈之余》什么时候交《文学》，在《日记》《书信》里都查不到，但我拿到送检的校样，再去先生家里，肯定是一月廿六日。校样上检查官加了记号，要编辑或作者改定。傅东华和我当然不便作主，由我拿了这校样去请示先生。记得已是黄昏时分，我走到卧室兼书室的二楼，先生本坐在书桌前，听到我的脚步声，站起来，转身对着门，看我走进去。我们并没有寒暄，我径把划着许多记号的校样递给先生，说："书店送检查回来说，要我们在校样加记号的地方，自己删改。"鲁迅先生背靠着书桌，靠近书桌前的转椅站着，脸色凛然，翻看一下打着铅笔记号的校样，声色俱厉地说："狗贼，要删就删，要禁止就禁止，连这一点骨气也没有，事实上还是删改，而自己竟不肯负删改的责任，要算作者或编辑改的。可恶之至。等发表后，再对付它！"

说后，就站着用笔选了几处，划了几划，删了一点，交还我。这校样后来由生活书店拿去再送检查，检查官还不满足，又由检查官动口，出版者动手，删成像《且介亭杂文》集里标记的那样，总算通过了，登在《文学》三月号上。

关于鲁迅的"题未定草"未发表的第四篇之谜，河清给我做过解释，但在《鲁迅书简追忆》中有更详细的说明：

同年（一九三六）二月十日，还是给曹靖华的信里说："翻印的一批人，现在已给我生活上的影响；这里又有一批人，是印'选本'的，选三四回，便将我的创作都选在他那边出售了。不过现在影响还小，再下去，就得另想生活法。"接着在三月二十四日给曹靖华的信里说得严重了："上海真是流氓世界，我的收入，几乎被不知道什么人的选本和翻版剥削完了。然而什么法子也没有。不过目前于生活还不受影响，将来也许要弄到随时卖稿吃饭。"后来更有人擅自收集鲁迅先生发表在书报杂志上的文章，抢在鲁迅先生自己编印集子前出版，鲁迅先生不得不设计对付这一批人，所以在《文学》上发表《"题未定"草》（一至三）后，在《芒种》上发表《"题未定"草》（五）时，在题目下有小注"一至三载《文学》，四不发表。"先生打算以后编写一本《"题未定"草》集，留着（四）最后写，先不发表，直接编入集子。这是在同那一批人的斗法。但只写了第三篇《"题未定"草》（六至九），一九三六年病了，未能继续写下去。

《死魂灵》的译本，本来是在生活书店的《世界文库》里连载的。第一部已告一段落，郑西谛仍坚请鲁迅续译，终未得允。其间复杂关系，河清记其岩略云：

> "西谛不许我交卸《死魂灵》第二部。"当时鲁迅先生和郑振铎的关系还是友好的。八月六日，"西谛招夜饭，晚与广平携海婴同至其寓，同席十二人，赠其女玩具四合，取《十竹笺谱》五本，笺纸数十盒而归"。八月十三日"得西谛信"。郑振铎提出不许交卸《死魂灵》第二部的，肯定就在这期间。鲁迅先生当日下午的复信已失，但从"不许"二字看来，可以断定鲁迅先生打算应许了。然而，天有不测风云，事情也有变化。到十月四日，却说："至于第二部（原稿就是不完的）是否仍给他们登下去，我此时还没有决定。"（《鲁迅书信集》888页）但到十月十七夜，已断然决定："幸译本（按：指《死魂灵》第一部）已告一段落，可以休息了，此后豫告，请除我名。"（《鲁迅书信

集》892页）两个月前"不许我交卸"的，至此断然回绝了。这是鲁迅先生的"翻手为云覆手雨"吗？当然不是。读者如其细心读这一段时期的鲁迅书信会摸清其中的缘故的。

国民党的检查制度，始于1934年，终于翌年六月，共一年半。这中间给鲁迅带来的伤害、干扰多多，最知名的是在《文学》上发表的《病后杂谈》，检查官将全文腰斩，只留一头（第一节）。鲁迅的对策是就使这刀余的"首级"原样在刊物上出现，"一"之后戛然而止，使读者始而不解，继而惶惑，最后终于恍然大悟。于是反动派的阴谋诡计昭示于天下。这场无声的搏斗，胜利谁属，是明明白白的。

在《译文》这一战场上，鲁迅所花费的精力尤多。选材、访求新的译手、找寻插图、关心版式，最后是自己动手，无不全力以赴。使我触目惊心的是《表》的翻译与成书。在天津南开读中学时，我对先生的著译是每见必收的。最为珍重的则是生活书店版的《表》和《译文》的终刊号：黄色封面、用好的厚纸印成厚厚的一册，与装帧精美、插图丰富的《表》同为我藏书中的珍物。可惜这一切都毁于日寇的炮火，而今天的旧书拍卖场上，却从未见《表》的踪迹，可见其珍罕殊不下于《域外小说集》也。就连这为鲁迅认为差可满意的生活书店印本，他还不满足，打算到日本东京去印更精美的豪华本。可见先生对这本小书的爱重。

河清的《追忆》还记下了有关鲁迅先生一些有意思的故事。

譬如，关于鲁迅的毛笔字（也就是所谓"书法"），郭沫若的评论就很有意思。郭沫若说："融洽篆隶于一炉，听任心腕之交应，朴质而不拘挛，洒脱而有法度。远逾宋唐，直攀魏晋，世人宝之，非因人而贵也。"我看郭的说法虽少有夸大，其实倒是颇为"到位"的。比通常"望气"派深刻、高明得多了。

那时，《文学》《译文》《太白》的编辑部都设在编者在拉都路各自的家中。"傅东华的全部精力用在编辑商务印书馆的所谓国定本的高中国文教科书，是一笔好生意。他和郑振铎先生一样，编辑刊物只能算副业。鲁迅先生的手稿被用来包油条，是同住在拉都路的萧红发现的。"河清说："这原稿是我丢失的。我当时不懂得鲁迅的原稿之可贵，清样校完后就把有的原稿散失了。"鲁迅手稿的流散，使许广平痛惜，但鲁迅自己的意见，却保留在给萧军的信里：

"我的原稿的境遇，许知道了似乎有点悲哀；我是满足的，居然还可以包油条，可见还有一些用处。我自己是在擦桌子的，因为我用的是中国纸，比洋纸能吸水。"

这些话今天读来，会有怎样的感触，比许广平的痛惜当更有不同。先生《故事新编》的手稿，就是由河清保存，捐赠给鲁迅博物馆。这是他发现过去的失误以后的事。

生活书店的主持人邹韬奋于1935年8月29日从海外回来，见经理徐伯昕身体不好，就让他到莫干山去休息，经理换了毕云程。这次人事更动，却换了一种全新的局面，河清也随之陷入了痛苦的漩涡。昨天收到巴金研究会出版的第八期《点滴》，中收肖毛"鲁迅、黄源、巴金和《译文丛书》"一文，可以说是与河清的小册子同一题材的另一番表述。它称此一斗争为"倒黄事件"，文章中小标题有"鲁迅怎样被生活书店涮了两回"等，钩稽文献，叙述完整，是一篇用力之作，缺憾的是作者未见《鲁迅书简追忆》一书，未能运用许多珍贵的当事人现场回忆。

事情的开始是河清曾将鲁迅主持的《译文丛书》与徐伯昕口头接洽定当，由生活书店出版事告知韬奋，当面得到了回答，生活书店已有《世界文库》，不想再出《译文丛书》了。至于"译文月刊"是否仍由生活书店继续发行，则并未说及。河清将情况向鲁迅反映了并建议与文化生活出版社试行接洽。鲁迅听见生活书店毁约，并不以为意外，不动声色，对向文生社接洽事，鲁迅是同意的，并说："不！今晚上，我们一道去卡尔登看外国舞剧，明后天再去，不迟。"河清第二天找巴金一谈，得到热烈的欢迎，事情便定局了。河清鉴于生活书店的毁约，决定15日在南京饭店请客，使双方见见面，商定一下，就更好。9月15日译文社出面在南京饭店请客，同席共十人，鲁迅、茅盾、黎烈文、黄源、巴金、吴朗西、许广平和海婴、胡风和傅东华。席上关于出版的公事，很简单地谈过后就是任意谈天，席上谁也没有一句讲起生活书店事。鲁迅在处理此事全部过程中，都是气定神闲的，还签好与生活书店订的《译文》第二年出版合同。这份已签好，尚未由河清转去前，生活书店的"新亚公司夜饭"就发生了。河清的回忆说：

关于"新亚公司夜饭"的事，鲁迅先生在九月十七日《日记》里记着："晚明甫及西谛来，少坐同往新亚公司夜饭，同席共七人。"同席的七人是邹韬奋、毕云程、傅东华、郑振铎、胡愈之、茅盾、鲁迅。这次夜饭同我九月十五日在南京饭店请客是有因果关系的。我请客后，有人把这情况告诉了生活书店，生活书店就认为《译文丛书》不由他们出版（其实他们不愿出版），改由文化生活出版社出版是我搞的鬼，十七日那天，他们把鲁迅请去，搞突然袭击，对付我这个文学青年。鲁迅先生在十月四日给萧军的信里说："那天晚上，他们开了一个会，也来找我，是对付黄先生的。"就是指这件事。……

会上，生活书店提出撤换我的《译文》编辑职务，要鲁迅先生承认。鲁迅先生认为："我已签字了，他们却又提出撤换编辑。这是未曾有过的恶例，我不承认，这刊物便只得中止了。"(《鲁迅书信集》896-897页)。这样，鲁迅先生不待终席便拂袖而去，临走时告诉茅盾，请他约黎烈文明天下午去他家商谈《译文》事。……

《鲁迅日记》记，十八日，"上午河清来，……午后明甫及烈文来"。

……鲁迅先生一见到我就说："你来得正好，昨夜生活书店约我在新亚开个会，谈《译文》问题，我说有关《译文》的事，是我们译文社自己的事，我已经约沈先生、黎先生下午到这里来商谈，你就在我这里吃午饭，下午一起谈。"

鲁迅先生没有对我讲那天夜饭的具体情况，并且以后也从未谈。我有个习惯，虽则和鲁迅先生谈天，无所拘束，但鲁迅先生不谈的事，从不追问的。

下午二时光景，沈先生和黎先生一起从前门进来。我们在客堂间的长桌前对面坐下。沈先生和黎先生坐在一边，鲁迅先生和我坐一边。平时我们在一起坐谈，鲁迅先生谈笑风生，大家很愉快，很轻松。这一天，鲁迅先生很少说话，脸色很严峻。大家坐下不久，闲谈几句，鲁迅先生就从袋里取出他已签了字的《译文》第二年的合同，放在他身前桌上。他说："昨晚的事，沈先生大概和黎先生已经谈过吧。"沈先生应声说："谈过一下。"黎先生点点头。鲁迅先生接着说："我在这里不谈了。《译文》第二年的合同，我已签了字，昨天他们出来推翻了。"他随手指指桌上的合同，又说，"这样，这合同不算数了。"接着他拿起合同，将它撕成条条，放下后，抬起头，严正地说："生活书店要继续出版《译文》，我提议，与黄源订合同，由黄源签字。"声调很坚决。沈先生和黎先生随即同声应道："好的。"

鲁迅先生转换了缓和的口气说："那么，请沈先生通知生活书店。完了。"

河清的回忆是珍贵的。

回想 20 世纪准备拍摄以"鲁迅"命名的故事片时，

曾聚集许多第一流的作家集体商量、执笔，最后终于夭折了。试想，有谁能写出这样简短而鲜明有力的片断来呢？这只有几个镜头的片断，几乎没有什么对话，近于默片，但又是多么有力的一笔，人物的精神、风度，有特色的习惯动作，沉重的气氛，没有欢笑的场景，没有谁能写得出。不是作家没有才华、没有本领，只因他们没有生活。

《红楼梦》中有数不清的精美的细节，往往有脂砚斋的泪笔夹评，"此 × 中佚事也"之类，数量不少。这就说明曹雪芹胸中有用不尽的"生活积累"，不吐不快。他不是写"家史"，是写小说，没有细节就完不成作品，而他的细节却多得用不完。

河清接下去说他的回忆。

> 会议没有几分钟就这样结束了。……鲁迅先生平时最好说话，但碰到这种时刻，谁也不敢多说。鲁迅先生这样撇开其他问题，单刀直入，坚决、果断地处理问题，我还是第一次碰到……他不怕得罪一大批人，哪怕其中有的是有长久历史关系的。……
>
> 鲁迅先生对我这样说："那天晚上，他们应该找你一起去，有问题搬在桌子上谈，搞缺席裁判，没有好结果。我的基本立场难道还不知

道吗？"

许先生对着我激动地说："那晚上，大先生气极了，一进门，帽子一丢就说：'闹翻了，闹翻了。'大先生这样拼命出力，支持这几种刊物，他们却这样对待大先生……"

两年半来，鲁迅先生为生活书店出版的《文学》《译文》《太白》《世界文库》四个杂志合计发表了译作七十八篇，外加一部长篇《死魂灵》。其中单是一九三五年，即上海在书报检查制度下的一年，发表的文章就多至四十七篇（包括《死魂灵》)，这是多么大的支持啊！

读到这里，就使我记起鲁迅的"横着站"。在当时，他要正面对付国民党的文化围剿；另一面又须应对同一阵营中"奴隶总管"式的暗箭来袭。其实还有很大一部分力气是花在进步文化团体身上的。出版社自然有进步与反动之分，但它们都具有天生的营利属性。古今中外概莫能外。除非国民党有过赔死不关张的正中书局。而书店要营利，眼睛首先就落在作者身上，"开涮"。涮法古已有之，于今为烈，终于逐渐沦为公开的"不要脸"。这是闲话，暂时搁起。

关于"新亚公司夜饭"，河清据鲁迅9月17日日记，"晚明甫（茅盾）及西谛来，少坐同往新亚公司夜饭，同席共七人"。七人为邹韬奋、毕云程、傅东华、郑振铎、胡愈之、茅盾、鲁迅也。河清记："生活书店提出撤换我的《译文》编辑职务，要鲁迅先生承认。鲁迅先生认为'我已签字了，他们却又提出撤换编辑。这是未曾有过的恶例，我不承认，这刊物便只得中止了。'（据《鲁迅书信集》）这样，鲁迅先生不待终席便拂袖而去。"同席七人中除鲁迅外无一人谈过当时席上情况，因此我们看不到实录。河清记：

> 第二天，我接到一位不是译文社的文化界前辈的电话，约我去谈话。我对他是很尊敬的，而且他对我也有过直接的帮助，他曾介绍我为一爿小书店编译过两本外国小说选集。但他那天的谈话是不公正的：一、指斥我和生活书店的关系没有搞好；二、说鲁迅先生爱护青年的精神是好的，但那天晚上的态度，是官僚主义的。其实他并不了解情况。我当然不能接受他的批评，特别是对鲁迅先生的批评。最后他提出："你去向鲁迅先生提出，要鲁迅先生收回成命，申明你不能签字，仍旧要鲁迅先生签字，如其你不答应，后果由你负责。"我懂得这后果指停办《译文》，辞退我《文学》编辑职务。既不根据事实讲理，又以撤职为要挟，这对初入

社会的青年，受得了么？我非常气愤，但敢怒不敢言。我说："我现在不能答复你，过两天答复。"我悲愤地离开了他的家。但我坚持着事前不去向鲁迅先生申诉。

三天后，九月二十一日，我打电话作了答复。我说："我不敢去对鲁迅先生这样讲。"对方听到我拒绝了，就把电话机砰然一声丢下。我也挂起电话，立刻奔向鲁迅先生处。我把约会中的对我的指责和对鲁迅先生的批评，如实地反映了，并且说明我已断然拒绝他的要挟。

鲁迅先生听了我的话，用爱护的口气说："你不应该说我不敢去，你要说，我去说了，鲁迅不答应。你还年轻，让他们来对付我这老骨头吧。他们用的釜底抽薪战术。但你已经说了，算了，看他们下一步吧。"

从四十多年后的回忆中，还可以感受到河清的悲愤心情。一位文学青年，受到文坛前辈的无理高压，又不敢"造反"，不敢提名道姓，只能忍气吞声，其痛苦为何如！

前文提起的肖毛的文章中也曾说到，"也有谣言，说这是出于郑振铎、胡愈之两位的谋略，但不知真否？……"并引鲁迅致萧军信："那天晚上，他们开了一个会，也来找我，是对付黄先生的。这时我才看出了资本家及其帮闲们的原形，那专横、卑劣和小气，竟大出于我的意料之外。"

"追忆"引鲁迅9月24日的致黄源信：

前天沈先生来，说郑先生前去提议，可调解《译文》事……当经我们商定接收；……今天上午沈先生和黎先生同来，拿的是胡先生的信，说此事邹先生不能同意，情愿停刊。那么，这事情结束了。

他们那边人马也真多，忽而这人，忽而那人。回想起来：第一回，我对于合同已经签字了，他们忽而出了一大批人马，翻了局面；第二回，郑先生的提议，我们接收了，又忽而化为胡先生来取消。一下子对我们开了两回玩笑，大家白跑……

这是鲁迅自述被"涮"的经过，同时对"对方人马"的界定，十分清楚。准此，那位教训河清的文坛前辈，非郑西谛莫属了。

这篇《书话》写得未免过长了。将"倒黄事件"说完，大体上可以说是应该结束的时候了。《追忆》剩下的部分，应该提要补记的是，鲁迅写信给郑振铎，辞去《死魂灵》续译之约，并有"此后豫告，请除我名"的话。《死魂灵》终于以文生社的"译文丛书"第一部问世了。此外，9月15日"南京饭店夜饭"后立即向生活书店通报情况的是傅东华；更为重要的是徐伯昕在数十年后调查《译文》停办问题时的发言；《译文》终于由上海杂志公司复刊。还是由河清请客。鲁迅日记："九日，晚河清邀饭于宴宾楼，同席九人。"这九人是鲁迅、茅盾、黎烈文、巴金、吴朗西、黄源、胡风、萧军、萧红。抄写之余，偶有所感，亦已随时发却，因此也不再说多余的闲话了。

2010 年 7 月 16 日

补　记

祖宗成法是不能放弃的，进一步的发明创造则是受到鼓励的。试看今日之出版社，对付作者的新颖"涮"法，可谓层出不穷。试举一例。有所谓"宣传用书"之说，即在初版印数中取高达二十分之一为宣传用书。首先，它剥掉了作者一大块版税收益，其次这批"机动书"又可作调剂存缺账面的暗箱操作的有力手段，妙用无穷。

至于如何"宣传",只有天知道。这一切,鲁迅当年没有见识过。今天,作为打工者的作者是不可能知道的,他们只有挨涮的份儿。

曾祺在上海的时候

光阴如矢，转眼已到曾祺九十冥诞之期，也就是说曾祺离开我们也已十多年以往了。老话说，人往风微，换句白话，也就是人走茶凉，令人欣慰的是，曾祺身后颇不寂寞，记得他的颇有人在，纪念活动，连续不断。朋友记起，六十多年前，我与曾祺、永玉曾有过年把过从密切的日子，命我回忆前尘，写点东西。这可是个艰难的任务。我等三人，以黄永玉的记忆性为强，前两年他写过一篇《浅识》，断记颇详，但不免少（稍）有夸张之处。例如，他将我说成一家轮船公司的高等职员，慷慨好客，俨然如春申君似的角色，这就多少离开了真实。

当时我在一家进步报馆工作。人皆尽知，靠这一职务养家糊口，是不可能的，许多人就不能不谋兼职维持生活。当时有一句笑话，称之为"自费革命"。我是由父辈照顾，在中兴轮船公司中当了一名"秘书"，业务清闲，只是收发公司来往函件，写个摘由的公文函套，此外也兼管商务电报的译转，同事都是父辈人，对我十分宽容，有些事就代我做了。当时上午上班，除了看大小报纸外，就是抽空写千把字的"旧戏新谈"，午饭后踱步到不远的报社发稿。就在这种宽松的工作条件下，才能一见曾祺、永玉站在面前，就能交代一声，站起来就走。这种做派，就被误会为高级职员风度了。

离开办公楼就是找地方吃喝、消遣。也不像永玉说的那么豪纵，最高级的去处只能数霞飞路上的DD'S了，店里有"吃角子老虎"的设备，每次也总要喂它几文。偶然得彩，一下子吐出一大堆角子，必兴高采烈地喂还它不可。咖啡馆的奶油蛋糕是有名的，一坐下来就是许久，杂以笑谑，臧否人物，论天下事，兼及文坛，说了些什么，正如随风飘散的"珠玉"，无从收拾了。

吃馆子是常事，但并不大吃大喝。记得常去的是三马路上的"四川味"，那是我经常宴客之处。小店里的大曲和棒子鸡是曾祺的恩物。照例也是酒酣耳热，狂言惊座。"四川味"有一个好处，离古书铺甚近，出酒馆，就踏入来青阁。我至今还对曾祺陪我逛书店充满了感激之情，他其实并不喜欢线装书，曾祺晚年写过一篇谈廉价书的文章，极力推崇一折八扣书，我看得出，那是发泄陪我走书坊，看"善本"的无聊、厌烦之反感。当时我初入买旧书之门，对"善本"只能有看的资格。所买多是残本书，曾祺在文字中明言说过我喜欢买残明本云云。

言外之意，我是明白的。

选书既毕，两人醉醺醺地提了一摞旧书，乘三轮车（当时出差汽车是只供"高等华人"所用的），赶往霞飞坊巴金家去谈天。那摞旧书不敢提进二楼客厅，只能放在门口外面。

巴金和沈从文是好朋友。两人曾经因文学创作问题有过长信来往争论。我是同意巴公文无定法，信笔所之的写作态度，同时也不喜读文学批评文字的。因此至今也说不清沈巴争论焦点所在。曾祺则是沈公的得意传人，因此在巴金客厅里，曾祺只是默坐旁听，持谨慎态度。对巴金不失对前辈的尊敬，这是我的理解。

曾祺的第一本小说集《邂逅集》，是在巴金主编的文学丛刊里面世的，我想这可能是萧珊推荐的。他们是西南联大的同学。可是论关系的密切，远不及穆旦。

巴金在福建有几位朋友，因此常能得到闽中土宜的馈赠，如印泥、武夷的铁观音与茶具等，印泥转送给我，一直用于藏书钤记，确是名物。武夷山茶及茶具就给萧珊以初试身手的好机会。记得那是一次开明书店宴客，席散后一群人赶到霞飞坊品茗。在座的都有谁记不清了，靳以肯定有份。萧珊当众表演洗盏、生火、注水，将装了几乎全满铁观音的茶壶放在火上，然后在排列一圈的小小茶杯中依次三次温杯，最后才是品茶。费了多少功夫才得到口的乌龙茶确非凡品，茗苦回甘，一盏已足。

曾祺是记得此番茶事的，曾有文记之。

值得记下的是若干年后，当曾祺和我在"丁酉之役"的泥潭里初步挣扎出来，萧珊在武康路宅备酒招待我们两人，那次曾祺是随赵老板（燕侠）的班子来沪的，曾祺面对佳酿，兴致全无，草草举杯，随即兴辞，回忆当年哄饮铁观音之盛，真的是不可再得了。

至于曾祺的"听水斋"，我没有一点印象，致远中学却曾访问过一次。记得仿佛是一间临时搭建的铅皮顶屋子，下雨时可以听到叮咚雨声的，也许这就是"听水斋"了，房内有铁床两只，床底铁条下陷，难怪永玉借宿时有小儿陷入窝内之感。一桌一灯，就是曾祺起坐之处。那时彼此虽常见面，但他喜欢弄笔，常有信来，天空海阔，无所不谈。蝇头小楷，颇以书法自喜。所谈以京剧界动静为多。一则我正在写着旧戏的连载，同时也说明他的兴趣所在。这与他以京剧院编剧终不无香火因缘。谈角色，以"言（慧珠）、童（芷龄）、李（玉茹）"为多。曾祺能撅笛，惜无条件一展笛风。咖啡馆恐非合适吹笛子的场合罢？

曾祺已有一部"全集"出版，听说还将有新的"全集"问世，可惜"全集"所收无"书信"。曾祺离沪赴北平，途中及抵平后曾有许多长信给我，20世纪80年代初曾以数通付某刊物，都是绝妙的好散文。记得未刊一笺中说起，我曾"警告"他不可沉湎于老北京的悠悠长日，听鸽哨而入迷，消磨"英雄志趣"，他的回信十分有趣，历经离乱，此笺已不复存，是可惜的。此后的笺札浸疏，倒是永玉通信中时常提起曾祺消息。在现存永玉给我的信里涉及曾祺的零碎消息中，可以体会到他俩之间交往的变化，使我为之担心。常恐沪上一年交游之盛为不堪回首的记忆，是无端的杞忧么，不可知矣。

2010 年 2 月 27 日

附：

黄裳书信中的巴金

◎ 周立民

小引：巴金与黄裳交往述略

　　黄裳与巴金是有着长达六十年交谊的老友，他们的订交缘于巴金的三哥李尧林，黄裳是李尧林在天津南开中学教书时的学生，抗战期间到上海后，他们二人也常有过往。1942 年冬天，黄裳就是带着李尧林写给巴金的信到重庆文化生活出版社的，但巴金去桂林了，而 1944 年夏天黄裳到桂林时，巴金偏偏又到贵阳了。两访未遇，可他们的交往却开始了，黄裳在文章中说："就是我这样一个一直没有见过面的年轻人，两年中间不断地把幼稚的习作寄给他，他都给我找地方发表。……他还细心地为行踪无定的作者保存文稿，汇集成册，随时留意寻找结集出版的机会……对于一个青年作者来说，这该是怎样的鼓舞、激励，带来的又是怎样的欣喜呵！"（《锦帆集·后记》，《黄裳文集》锦帆卷第82页，上海书店出版社1998年4月版，黄裳在2005年写的《伤逝——怀念巴金老人》一文中说他是1942年冬在重庆见到巴金，与他自己的前说矛盾，据现有资料看显然前说更准确。）这批文章后来被巴金推荐给中华书局结集出版，这就是黄裳的第一个作品集《锦帆集》。现在保存下来的巴金1945年2月17日致黄裳的信说的就是这件事："最近有个机会，可以给您的集子找个出版处。中华书局今年打算编印一套文学丛刊，我被邀作编辑委员之一，等到事情定了，我总可以介绍一两部稿子去。您的集子如何编法，用什么书名，均请在寄回《断片》时告诉我。"（《巴金全集》第24卷第367-368页，人民文学出版社1994年版）至当年8月17日的信已经通知黄裳《锦帆集》已经代为编好并送书局，而余稿和后来的稿子，则又编成《锦帆集外》，收入巴金主编的"文学丛刊"中由文化生活出版社出版。几十年后，黄裳感慨道："现在手头还保留部分《集外》原稿，是付排以后还给我的。每篇都是他亲手批的版样，还把文章中每一个'里'字都细心地改为'裹'字，重描了许多印刷模糊的字迹。原稿并不值得保留，但编者留下的批改手迹则是珍贵的见证，说明他在编定这一百多部'文学丛刊'时付出了多少精力。"（《锦

帆集·后记》,《黄裳文集》锦帆卷第 83 页）

　　1945 年的初春，黄裳在重庆民国路的文化生活出版社第一次见到了巴金，次年夏天回到上海，他就成了霞飞坊 59 号巴金家中的常客，从此也开始了他们一个甲子的比较密切的交往。自 20 世纪 70 年代末期，黄裳曾有数篇文章记述巴金的写作与生活，评论他的作品。如《关于巴金的事情》《请巴金写字》《记巴金》《思索》《关于〈随想录〉的随想》《琥珀色的绍兴酒》，以至巴金逝世后所写的《伤逝》《书缘小记》等，还有写萧珊的《萧珊的书》。这些文章因系知交所写，并非泛泛印象，而是情真意切，形象生动，议论也往往一语中的，都是研究巴金不可多得的资料。2005 年 10 月，巴金去世，年近九旬的黄裳以平静的语调表达了他巨大的悲伤，这篇《伤逝——怀念巴金老人》成为悼念巴金文章中写得最好的篇章之一。

　　黄裳已经印行的书信有大象出版社 2004 年 1 月出版的《来燕榭书札》（李辉整理，为其主编大象人物书简文丛之一种），其中收录了他给黄宗江、周汝昌、杨苡、范用、姜德明、李辉等书信 270 多封，其中致杨苡、范用、姜德明的信中多有涉及巴金之处，特别是写给同为巴金友人杨苡的 86 封信中，更是无处不谈巴金，从巴金的生活、写作，到大事小情的议论在这批书信中皆有呈现。姜德明说："我知道他平日常去看望巴金先生，为了怕写信烦扰巴老，有些事托他就近去代询代办，所以从他给我的信中，也能看到有关巴老的某些情况。"（姜德明《写在前面》，第138页，此处页码指《来燕榭书札》页码，以下均同；部分书信集中所署时间有误，本文径直改，不另作说明），更为值得关注的是，这批信多写于巴金创作《随想录》期间，而《随想录》的创作恰是新时期中国文坛波云诡谲之时，巴金的许多话欲言又止，或者是说得颇有技巧，这样对其背景的揭示可能更有利于理解《随想录》的真意，更能看出它的价值。私人通信中所提供的线索，虽然谈不上系统，但在零星的文字间却有着比公开发表的文字更为直率和真实的细节，正因为如此，才引起了笔者去勾勒"黄裳书信中的巴金"的兴致。

二、《随想录》的写作情况

《随想录》最初是潘际坰托黄裳向巴金约稿的，巴金也曾托黄裳给潘转过稿，他在1978年12月6日日记中就曾记载："黄裳来，把《随想录》交给他转潘际坰。"（《巴金全集》第26卷第299页）常在巴金身边走动，近水楼台先得月，《随想录》写作过程中的大事小情知之甚多，不免在书信中将一些消息传递给同样关心巴金的人。

而且黄裳大概是第一个听到巴金说要把《随想录》当作遗嘱来写的人，随想之十《把心交给读者》中，巴金写道：

> 前两天黄裳来访，问起我的《随想录》，他似乎担心我会中途搁笔。我把写好的两节给他看；我还说："我要继续写下去。我把它当做我的遗嘱写。"他听到"遗嘱"二字，觉得不大吉利，以为我有什么悲观思想或者什么古怪的打算，连忙带笑安慰我说："不会的，不会的。"看得出他有点感伤，我便向他解释：我还要争取写到八十，争取写出不是一本，而是几本《随想录》。我要把我的真实的思想，还有我心里的话，遗留给我的读者。(《把心交给读者》，《随想录》第39页，北京三联书店1987年合订本、2004年重印本)

可以说黄裳是《随想录》写作过程的重要见证人之一，他给友人的书信在无意间记下了这本当代文学名著写作过程中所发生的各种事情，包括《怀念鲁迅先生》被删节、香港的大学生对《随想录》发表不同看法、"清理精神污染"前后文艺界的形势等等：

1. 今天遇到巴金，他的随感录也拟在写满三十篇后交港三联印行，如能追随巴金之后印一本书，自然是高兴的。希望不致亏本。（1979 年 7 月 6 日致范用，第 122 页）

按：此信是为《随想录》单行本出版传递消息的。范用当时主管三联书店，《随想录》第一集于 1979 年 8 月 11 日写完第三十篇，并《后记》。

巴金 1979 年 7 月 6 日日记：“黄裳来坐了一会。”（《巴金全集》第 26 卷第 364 页）

2. 与巴金闲谈，他非常同意陈登科提出的要搞一个出版法，现在作家有许多权益没有保障，实例甚多，不只是经济问题。这个问题也没法说清。（1979 年 9 月 12 日致姜德明，第 140 页）

按：巴金 1979 年 9 月 10 日日记：“上午黄裳来。”（《巴金全集》第 26 卷第 351 页）

巴金的这个想法在当年 8 月 8 日所写的随想二九《纪念雪峰》中曾表述过：“作家陈登科在《光明日报》上发表文章主张作者应当享有版权，我同意他这个意见，主要的是发表文章必须得到作者的同意。不能说文章一脱稿，作者就无权过问。”（《随想录》三联版合订本第 121—122 页）

3.《随想录》可能十二月初出书，用照片数张，一张是陈蕴珍的，三联准备用纸版在国内印一次，印数不会多的。巴公说南师要转载，他说要等书出以后再办。未十分肯定，系通过魏绍昌来要求的。（1979年12月1日致杨苡，第60页）

按：国内印数不多可见《随想录》最初在国内文坛并未引起足够重视。

"南师要转载"指南京师范学院学报编辑部1980年1月列为"文教资料简报丛书之三"的《随想录》（第一集）的翻印本。

4. 巴金的《随想录》已出版，他得到一百本精装本，我想你一定有一本的。此书印得漂亮，不但在中国出版物中，在他自己的书中，也是最漂亮的。这使我大有兴趣，也想印几本，至少也挤进一本入这"丛刊"。前两天去看他，谈到你，他还问起你的《咆哮山庄》何时可出。新年还要见面，当转达你的话。

…………

巴金四月一日去日本，仍是作家代表团团长。（1980年小除夕[2月7日]致杨苡，第76-77页）

按：巴金1980年2月3日日记："上午黄裳来。"（《巴金全集》第26卷第409页）

5. 巴公早已到京，四月一日去日本。我接你北京信后即曾和他谈起到你，当然也代你问候，并告他你已意外得到一本《随想录》，他马上笑着说：那我就不再寄了。据我所知，他的书是被莫名其妙的人讨光了的。这里有个捷足先登之特点。我又向香港买了几本，等回来要他签名后送人，其中有你一本。但少待月余耳。

……巴公最近又写了几篇《探索》，还是非常解放，甚可佩服。有《大镜子》一篇，不知看过否？

…………

……那篇访沈从文，《羊城晚报》已转载，看过了，巴公也给他讲了几句，但未点名，只是说住在一间小房……

潘际坰已回港，他为《随想录》出了力，是他校的。《开卷》有一本巴金特辑，我只是借来看了一下。很详细的访问记，今天又借到《八方》(二)，第一篇又是巴金访问记，尚未看。这些看完都要还，我想法去香港弄两本，如到，当寄上一看。

…………

《开卷》巴金专号，有一读者提出，大大批评了一顿《随想录》的封面，说莫名其妙，特别是把巴金签名用了红字，是一种不尊敬云云。可笑得很，我倒觉得够漂亮了，由此可见，巴公在海外地位高，已非我们想象所及。据巴金告我，南师（党校）翻印《随想录》，二万本，他说太多了。此翻印本如出，也给我弄一本，我是收集巴金著作一切版本的。

…………

……南京的朋友都极好。巴金最近在《随想录》中讲了《雨花》，说大有希望，因为那里有一群探求者。这事顺便也告诉老叶他们。（只是说江苏省的文学刊物，未提《雨花》，这是我向他吹的。）（1980年3月26日致杨苡，第66-67页）

按：巴金《随想录》第二集以"探索集"命名，其中直接以"探索"为题的有：《探索》《再谈探索》《探索之三》《探索之四》《灌输与宣传（探索之五）》，黄裳在当时的感觉是"非常解放，甚可佩服"，可见《随想录》的思想锐气和作者的勇气，及带给人们的震惊感。关于《大镜子》一篇，黄裳后来在《伤逝》一文中评价："写得好，是上好的散文，也是上好的杂文。"

替沈从文讲话的文章是指随想三八《再谈探索》："但直到现在还有人认为只要掩住伤痕不讲，伤痕便可不医自愈，因此不怪自己生疮，却怪别人乱说乱讲。在他们对着一部作品准备拉弦发箭的时候，忽然把文学的作用提得很高。然而一位写了二十多年小说、接着又编写《中国服装史》①二十年的老作家到今天还是老两口共用一

---

① 此处应为《中国古代服饰研究》。

张小书桌，连一间工作室也没有，在这里文学的作用又大大地降低了。"(《随想录》三联版合订本第162页)

《开卷》上巴金访问记指刊于1980年3月出版的《开卷》第2卷第8期的《答香港董玉问》，现收《巴金全集》第19卷；《八方》（二）上的访问记是指1980年2月香港出版的《八方文艺丛刊》第二辑中发表的《巴金先生谈过去、现在、将来》，后以《与香港李黎的谈话》为题收《巴金全集》第19卷。

"巴金最近在《随想录》中讲了《雨花》"的文章是《再谈探索》，该文是从1957年南京的"探求者"遭到批判谈起，后补充道："最近还有一件事，已经有两位作家朋友告诉我：江苏省的文艺刊物大有起色，过两年会大放光芒，那里有一批生力军，就是过去的'探求者'。我希望这两位朋友的看法不错。"(《随想录》三联版合订本第158页)

6. 潘际坰来信，说你的《记巴金》一文，在《开卷》发表，杂志一本寄我转奉，稿费290HK，问你如何处理？寄你乎？或存在潘处？请你告我，再转告他。

《雨花》转载《随想录》事，已洽妥否？那几张报用毕仍还我，我有一份全的"大公园"，老巴的文章也有一份全的，最好不弄缺。(1980年5月14日致杨苡，第69页)

按：《随想录》中的文章首发于香港《大公报》，一段时间产生了影响，内地的报刊则纷纷提出转载。

7. 这两天忙于写稿，是广东的《花城》约的，他们下期是"沈从文特辑"；再下一期是"巴金特辑"。巴金已给他们一篇长稿，去日本的报告，也要我写一篇凑数，刚刚赶完。

今天问巴金，他说已答应《雨花》选载一段《探索》，不知决定选哪一篇。（1980 年 5 月 27 日致杨苡，第 69 页）

按：巴金 1980 年 5 月 27 日日记："下午萧荀来。黄裳来，给我看他为《花城》写的《探索》。"（《巴金全集》第 26 卷第 409 页）

《花城》"巴金特辑"于 1980 年第 6 期推出，巴金的文章是《文学生活五十年》，黄裳文为《思索》。

8. 今天我抽空去看看巴金，《雨花》转载《随想录》事，我想，不如总题《随想录》，以下分小题也好。何必串成一篇长文乎？如改动，即使是小小改动，也将变成两种版本了。我去问问他。

刚才看到巴先生，他也同意我的意见，请与老叶联系为盼。又及。晨七时

（1980 年 6 月 22 日致杨苡，第 77 页）

按：巴金 1980 年 6 月 22 日日记："上午看电视，黄裳来。"(《巴金全集》第 26 卷第 412 页)

9. 巴公甚好，十二月初到京开会，《随想录》第二册已写完，付印了。(1980 年 10 月 24 日致杨苡，第 74 页)

按：所说"十二月初到京开会"未成行。

10. 巴公在《羊城晚报》发表一文，见到否？香港大学学生在《开卷》上骂他，理由颇为可笑，我没有见到那原文。(1980 年 11 月 20 日致杨苡，第 98 页)

按：香港大学学生的文章是指发表在香港《开卷》1980 年第 9 期上的《我们对巴金〈随想录〉的意见》，大多从文字上批评《随想录》，这是没有把握住《随想录》作者要表达的重点，更令巴金感到一种压力的是青年学生们对《随想录》中谈"文革"大为不解和横加指责，对此巴金做出很激烈的反应，在《〈探索集〉后记》中予以申辩，该文发表于 1980 年 11 月 9 日《羊城晚报》。其中说：

> 最近几位香港大学生在《开卷》杂志上就我的《随想录》发表了几篇不同的意见，或者说是严厉的批评吧："忽略了文学技巧"、"文法上不通顺"等等，等等，迎头一瓢冷水，对我

来说是一件好事，它使我头脑清醒。我冷静地想了许久……我不是用文学技巧，只是用作者的精神世界和真实感情打动读者，鼓舞他们前进。我的写作的最高境界、我的理想绝不是完美的技巧，而是高尔基草原故事中的"勇士丹柯"——"他用手抓开自己的胸膛，拿出自己的心来，高高地举在头上。"……

……但是更重要的是，给"十年浩劫"作一个总结。我经历了十年浩劫的全过程，我有责任向后代讲一点真实的感受。大学生责备我在三十篇文章里用了四十七处"四人帮"，他们的天真值得人羡慕。我在"牛棚"的时候，造反派给我戴上"精神贵族"的帽子，我也以"精神贵族"自居，其实这几位香港大学生才是真正高高在上的幸福的"精神贵族"。中国大陆给"四人帮"蹂躏了十年，千千万万的人遭受迫害，国民经济到了崩溃的边缘，三代人的身上都留着"四人帮"暴行的烙印……难道住在香港和祖国人民就没有血肉相连的关系？试问多谈"四人帮"触犯了什么"技巧"？在今后的"随想"里，我还要用更多的篇幅谈"四人帮"。"四人帮"绝不止是"四个人"，它复杂得多。我也不是一开始就很清楚，甚至到今天

我还在探索。(《随想录》三联版合订本第244-245页)

11. 南京的消息，只是侧面陆续听到一些，一切可以想象得之。我在今年年初曾经对这次风暴作过一个估计，大致不错。没有料到的是竟自出现了《解放军报》的排炮，这样做，是很不策略的，也是一个更快的转折。原想五六月份，各地刊物渐失生气，七八月份，渐转，国庆后又逐渐回升。现在看，过程要快一些了。

巴公精神尚好，他决定不参加一切会议、活动，包括上海作协的大会，这是正确的。《随想录》港版第二册已出，我看到了样书。十日前中央电视台在给他拍一部电视片，我碰上了，临时客串了一场。此片主要在国外发行，目的当然是辟谣。日本共同社已发了批他的电讯，日本记者也已约好时间要来访问他了。至于对他的捐献稿费的议论，却还没有听到过。他对资料馆的事很有兴趣，他常说："我只是拿出点什么，不打算捞进什么，所以心里很平安。"因此也觉得因为种种动机而对他使用种种手法的人十分渺小了。他最近的心情大约就是如此。上海文坛的五花八门也不下于南京，这是一种普遍的社会现象，有共同规律，不过各处演员不同，演技也少有高下而已。

…………

最近开的美国文学……会，在上海开完后就去扬州游览，大约就是《译林》请客。梅兰芳之子绍武来访，说他们那里有人说，"怎么，姚文元又放出来了！"妙极，可谓一语破的。（1981年3月17日致杨苡，第78-79页）

按：《随想录》的写作一直是在保守的思想的压力下进行的，此信就是绝好的证明。当时长官点名、要批评巴金的风言风语四处流传。后来巴金在《合订本新记》中曾写下当时的情景：

绝没有想到《随想录》在《大公报》上连载不到十几篇，就有各种各类唧唧喳喳传到我的耳里。有人扬言我在香港发表文章犯了错误；朋友从北京来信说是上海要对我进行批评；还有人在某种场合宣传我坚持"不同政见"。点名批判对我已非新鲜事情，一声勒令不会再使我低头屈膝。我纵然无权无势，也不会一骂就倒，任人宰割。我反复思考，我想不通，既然说是"百家争鸣"，为什么连老病人的有气无力的叹息也容忍不了？有些熟人怀着好意劝我尽早搁笔安心养病。我没有表态。"随想"继续发表，内地报刊经常转载它们，关于我的小道消息也愈传愈多。仿佛有一个大网迎头撒下。

我已经没有"脱胎换骨"的机会了，只好站直身子眼睁睁看着网怎样给收紧。网越收越小，快逼得我无路可走了。我就这样给逼着用老人无力的叫喊，用病人间断的叹息，然后用受难者的血泪建立起我的"文革博物馆"来。(《随想录》三联版合订本第158页）

关于此事，还另有巴金1981年2月16日写给萧乾的信为证，也可以看出巴金的应对态度和勇气：

上个月月底收到洁若写给辛笛的信，谢谢她的关心。点名问题几个月前就传过，说法不一，最近又流传起来。有人替我担心，其实我毫不在乎。这应当是最后一次的考验了。这一年多来我身体不好，很少参加活动，写字吃力，但还是写完了两本小书。我哪里有精力和时间去支持什么人？然而我的《随想录》得罪了谁，才有人一再编造谣言。我不怕什么，也不图什么，反正没有几年可以工作了。(收文洁若《俩老头儿》第154页，中国工人出版社2005年10月版。）

萧乾曾为此信做注释：京中盛传某领导同志在什么大会上点了巴金的名，我们很着急。

当时心有余悸，还是由洁若写信去问。

关于"姚文元又放出来了"实际涉及对于《苦恋》等一批作品文艺界、意识形态主管部门内部不同声音的争辩。白桦、彭宁的电影文学剧本《苦恋》于1979年《十月》第3期发表后，被拍成电影《太阳和人》，电影送审的过程中引起不同的意见，甚至引起中央高层出来表示意见。自1981年4月起，《解放军报》连续发表文章批判剧本和电影，认为它"不仅违反了四项基本原则，甚至到了实际上否定爱国主义的程度"。《文艺报》也接受上级指示于1981年第19期发表《论〈苦恋〉的错误倾向》一文。借助这种形势，文艺界一度沉隐的"左"的风气又有抬头，许多批评文章上纲上线大有当年姚文元的文风。关于此事的详情，请参见徐庆全《风雨送春归——新时期文坛思想解放运动记事》（河南大学出版社2005年12月版）中"下篇：《苦恋》风波的前前后后"。该书曾提到在批判《苦恋》中由黄钢等人主持的《时代的报告》杂志曾出版增刊批判《苦恋》，该增刊在北京沿街叫卖，牧惠曾回忆在中宣部的一次干部会议上，韦君宜发言说：在公共汽车上，人们说，是不是姚文元放出来了？！（见徐著第360页）

对于这种风气和白桦这样的作家，巴金意见非常清楚，在《随想录》中时有表达，比如他在《探索集》中一系列以"探索"为题的文章中反复表明：要创新就得不断探索；探索需要勇气也需要独立思考；作家不是机器，探索要有独立思考；作品的评判员是读者而不是长官；揭出伤痕的文学比讳疾忌医要好得多。在 1981 年 5 月全国优秀中短篇小说、报告文学、新诗评奖大会的书面讲话《文学的激流永远奔腾》中，他更是明确地说："固然有些作品揭露了我们社会的某些阴暗面，描写了我们的一些缺点，但是作者更着重地写出了主人公对待困难、同缺点作斗争的态度，那种任劳任怨、大公无私的精神境界，那种鞠躬尽瘁、坚定不移的决心。我可以这样说：'许多作品都写出了中国人民的心灵美。作为这些人的同胞，我感到自豪。这些作品给了我们以勇气，增强了我们的民族自信心。'中青年作家、诗人已经成了当前文学创作的中坚、成为文学园地中最活跃的成员。他们创作数量多，思想艺术水平也不低，他们跑到前面去了，在我们这些上了年纪的人看来，还有什么比这更令人高兴、令人欣慰的呢？特别是想到我们青年时代所走过的坎坷不平的道路，我深深感到我们更有责任去爱护他们，关怀他们。我自己在青年时代就曾受到鲁迅先生、叶圣陶先生、郑振铎先生、茅盾先生各位前辈的爱护、关怀和帮助。我们都知道，从事文学艺术活动的人很少有一帆风顺的，在漫长的艺术实践、生活实践道路上，总会遇到这样或那样的困难和曲折，因此也就更需要同志式的友爱和鼓励，诚恳温暖的关怀和帮助。粗暴简单的办法，轻蔑指责的态度，不仅会伤害这些正在成长中的中青年作家，也会直接损害我们的文学艺术事业。在这方面，我们是有足够的令人难忘的教训的。我们还是应该坚定不移地按照党的三中全会路线，党的'百花齐放、百家争鸣'的方针，本着对人民负责、对历史负责的态度，正确地处理文学艺术创作中的各种问题，从而促成社会主义文艺不断健康地发展，日益繁荣昌盛。"（《巴金全集》第19卷340、341-342页）巴金《随想录》创作时期的各种文字看似平淡，实际上都是有具体所指，也是对当时各种论调的坚定回击和回答，因此就不能孤立地做字面的解读。而他在文坛上的地位和威望使得这些声音尤为有着影响至广的力量。这些话也印证了黄裳的感受："记得过去谈天时，我曾对新出现的作者文字不讲究，不够洗练、不够纯熟而不满，他立即反驳，为新生力量辩护，像老母鸡保护鸡雏似的。他是新生者的保护者，是前进道路上的领路人。"（《伤逝——怀念巴金者人》）

12. 巴先生回来了，精神很好。我把书给他签名，提到你的一本，他说他要送你一本精装本。

见报，南京师院的《随想录》也出了，请你给我搞两本，其中之一给香港一位研究生，他要这个"版本"。

听说"人文"也要出版的。

那几张有《随想录》的报纸，看完给我寄回来。因此间也有朋友要看。（1981年4月28日致杨苡，第79-80页）

按："回来"指巴金1981年4月9日到北京参加茅盾追悼大会，21日返回上海。

巴金1981年4月23日日记："上午辛笛、田地来，黄裳来。"（《巴金全集》第26卷第452页）1981年4月27日日记："下午中央电视台来继续拍电视片，约柯灵来，黄裳和姜德明来，折腾了一下午，一直到八点钟。"（《巴金全集》第26卷第452页）

巴金在《合订本新记》中说："我不曾中途搁笔，因为我一直得到读者热情的鼓励，我的朋友也不是个个'明哲保身'，更多的人给我送来同情和支持。我永远忘不了他们来信中那些像火、像灯一样的句子。"（《随想录》三联版合订本第Ⅶ页）

13. 信收到。昨天把寄来的两份东西带给巴先生了。他家里高朋满座，他又把一批外文书捐给图书馆了（北京）。有两个人来看书。巴公精神甚好，老态是老态了，写字越写越小（我是越写越大），但斗志如昔。寄上他的近作几篇，那篇《序跋集》序，妙极。我对他说，一定有许多人看了要头痛，他只是笑笑。大可佩服。……

············

明天晚上电视有巴先生的一日生活，其中我也客串一下，被誉为"最佳配角"，但也可能被剪掉，不知你会看到否？（也许要漏过）（1981年6月19日致杨苡，第82页）

按：巴金1981年6月18日日记："上午峻青陪詹忠效来，北京图书馆李、韩二位来看书，洪荒、陈梦熊来，黄裳来。"（《巴金全集》第26卷第458页）

关于《序跋集》的序，黄裳在《关于巴金的事情》中评价：

> 他为《序跋集》写的序文中有一节描写"风"的话，我觉得写得好。他写出了某些时期知识分子的精神状态。写法是隐喻性的，这是一种在特定条件下写出真实来的文学方法。他说，当风开始刮起来的时候，"我看见很多人朝着一个方向跑，或者挤成一堆，才知道刮起风来了"。"大块噫气"是自然界的风，在社会上，伴随着风起来的则是各种样式的叽叽喳喳，也正是这叽叽喳喳造成了风的声势。这就使人们记起了才过去不久的十年以及十年以前的岁月。人们在这种刮风的季节里过得很久了，积累了经验也留下了后遗症。巴金说他过去在很长时

期里很怕风，但终于见了世面，而且活了下来，直到今天，他还不能断言从此不怕风，"不过我也绝不是笔记小说里那种随风飘荡的游魂"。（《黄裳文集》珠还卷第457-458页）

14. 老潘来京时，《大公报》把巴公的纪念鲁迅文大加删削，凡有涉及"四人帮"处皆斫去，巴公甚怒，《随想录》因此腰斩，真可惜也。编辑竟做出此事（《收获》所发为全文），不可思议。（1981年12月1日致姜德明，第144页）

按：信中所提到"随想"七八《怀念鲁迅先生》一文被删事，巴金曾有《鹰的歌》一文表示抗议，现收入《随想录》。此事的背景潘际坰在《〈随想录〉发表的前前后后》一文中有记述：

> 一件就是关于报纸编辑删改巴金《怀念鲁迅先生》一事。当时的背景是这样的：1981年9月，在鲁迅百年诞辰之前，国务院外事办的负责人召集了香港几家报纸的总编辑在北京开了一个会，会上外事部门的负责人对各报总主编，海外报纸发表关于"文革"的文章太多了，有负面影响，中央既往不咎，可是今后再发生这样的事情，就要打你们屁股了。巴金文

章被删不是我值班，当时我正在北京休假，收
到《怀念鲁迅先生》的文章清样就转寄副刊课
主任，并请他注意文章也在上海《收获》发表。
可是回到香港后，我就收到了巴金 11 月 7 日
信，信上说："贵同事删改我怀念鲁迅先生的
文章，似乎太不'明智'，鲁迅先生要是'有
知'，一定会写一篇杂感来'表扬'他。我的文
章并非不可删改，但总得征求我的同意吧，如
果一个人'说了算'，那我只好'不写'，请原
谅，后代的人会弄清是非的。"看到信后，我大
吃一惊。隔了几天社长把我找去，说他到北京
开会，胡乔木的秘书特意打电话给他说胡约他
见面。一见面胡就说你们《大公报》为什么要
删改巴金的文章，如果删应该事先通知他一声，
否则就太没道理了。听了这话，我就用洋泾浜
英语说了一句：you ask me, me ask who？天哪，
这是怎么回事儿，你问我，我问谁呢？乔木批
评社长，其实社长也是秉承上面的旨意而办的。
后来我才弄清楚，发生此事，主要是总编辑胆
小，他怕挨打的，就通知代替我的那位编辑说
你们应当把巴金的文章缩短一些。编辑说随便
删名家的文章说不过去吧？总编说：你们修改，
我看看。他也怕承担删改巴金文章的罪名，就

说了这样的话。删改后总编认为是过关了，谁知，巴金很愤怒，毫不客气地说如果这个问题不解决我就不写了。这回最紧张的当然是我了，巴老真的不写了，我怎么向读者交代？黄裳在上海，我对他说，一定要巴老写下去，巴老说有一个条件，要写必须把《鹰的歌》登出来作为抗议，我想了想接受了。结果这一篇发表时有题无文，只是"鹰的歌巴金"五个字，跟着是下一篇。朋友说你们这是变相"开天窗"。港版《随想录》单行本《真话集》与京版不一样，也是有目无文，直到合订本征得作者同意后，才全文问世。（收陈思和、周立民编《解读巴金》，第127-128页，春风文艺出版社2002年1月版）

15. 刚才巴金托我写信便中告诉您，他的随想录完稿，题《真话集》，等最后一篇见报后即贴好寄上。他最近写了一篇谈出版事的文章（也是随想录），解放日报发了一次，对国内出书之慢说了两句，问问他，是指人文印《创作回忆录》事，我说，港三联是快的，半年以上吧。（1982年6月致范用，第129页）

按：《真话集》的后记作于1982年6月8日。

"谈出版事的文章"当指写于1982年5月27日的随

想八八：《上海文艺出版社三十年》，其中说："不过从著作人的立场看来，出版一本书花费的时间似乎长了一些。一本不到十万字的书稿，我送到一家大出版社快一年半了，还不知道它什么时候可以跟读者见面。这些年同某些出版社打交道，我有一种不应有的感觉，对方好像是衙门。在这方面我有敏感，总觉得不知从什么时候出现了出版官。"（《随想录》三联版合订本第 374 页）

16. 昨天下午又去医院，巴先生很好，说说笑笑。前两天胡乔木来看过他，医院头头陪同，汇报治疗情况……可以想象，可得最佳照顾，但亦因此而使医生小心翼翼，还要再挂两三星期才能翻身。他们担不起"风险"。医生说，他是医院里最忙的病人。《真话集》已出版，但精装只送五本，已送光。我说要去买几本，巴先生说多买几本。我想买十本，如他不送你平装，当给你一本精装，但当在半月以后了。他面色很好，精神愉快，确是比在家里休息得好。家中暖气说春节前可装好，但他说，还是在医院过年。佐临也走过来看他，胖得可怕，也老了。（1982 年 12 月 26 日致杨苡，第 94-95 页）

17. 巴公又写了几篇随想录了。谈了巫宁坤，未指名，我猜是的。他说秋天可能去杭州住两星期，冬天到广东洗温泉。老打针，精神好起来了。李小棠已结婚，

未办庆祝仪式，新夫妇到青岛去了。（1983 年 8 月 25 日致杨苡，第 97 页）

按：巴金 1982 年 11 月住院后，至 1983 年 6 月末才执笔续写《随想录》，查这段时间写的随想有《愿化泥土》《病中（一）》《汉字改革》《病中（二）》《"掏出一把来"》《病中（三）》等。信中说"谈了巫宁坤，未指名，我猜是的"，具体指哪篇何事不详，查《"掏出一把来"》中有谈，不知交信的"一个朋友"和"另一个做教授的朋友"二者中是否有一人指巫：

> 我有一位有才华、有见识的朋友，他喜欢写长信发议论。反右期间一个朋友把他的信件交给上级，他终于成了"右派"。后来他的"右派"帽子给摘掉了。过了几年发生了"文化大革命"，他的另一个做教授的朋友给抄了家，拿走了他的一叠信，并促成他的死亡。所以到今天，还有人不愿写信，不愿保留信件。（《随想录》三联版合订本第 429 页）

18. 今天得《大公报》，有巴先生忆李尧林一文，即剪奉一阅，阅后即掷还为感。（1983 年中秋日 [9 月 21 日] 致杨苡，第 97 页）

按：指随想一○二《我的哥哥李尧林》。

19. 信收到。前天去看巴先生，说起"后记"事，他说并不一定算得什么问题。也说了你与萧珊相识还是他介绍的云云。这正是小事一段，盼你不要放在心上。他的身体颇好，说在两个月中要把第五本《随想录》写完，赶紧出书，算是了却一桩心事，可以减少负担。（1986 年 2 月 10 日致杨苡，第 104 页）

20.《梦萧珊》早已拜读了（《新华文摘》），写得好，当然不免太沉重了些，但实际情况如此，也是理有固然也。

巴先生还好，我七天前去看过他，他什么都知道，包括风言风语。但他总觉得弄不出什么花样来，还是很平静的。他的又一本书《十年一梦》又在人民日报出版社出版了。印四万，他还准备为三联的《随想录》合订本写一篇后记，要"说两句话"。有新华社记者来访，他则以已停笔谢绝了发言。（1987 年 4 月 14 日致杨苡，第 107 页）

21. 巴公仍如常。前天去看他，仍注意时局近事，这在一位八十岁的老人，确是不容易的。但举动、起坐都十分艰难，在旁边看着也难过。他自己也说，快成废物了，听了真不知是什么味道。他写了一篇《后记》或

《前言》，五千字，详细谈了《随想录》开始发表后的种种波折，也是感慨系之了。他说不先发表，印在三联的合订本上。（1987年7月20日致姜德明，第150页）

按：上述为《随想录》所写的前言，是指1987年8月北京三联版《随想录》的《合订本新记》，文末所署完成日期是"一九八七年六月十九日"。

22. 巴公生日我替你买了一只花篮，提前一日送去，辛笛夫妇那天也去了。巴公很好，西湖归来重了几斤，精神也好，他说要写随想录续集，我当然加以鼓动，可见神气不错，还替他买了一部《左传》，说是要查一个典故云。（1989年12月12日致杨苡，第114页）

按：买《左传》查典故，是巴金为写《怀念二叔》一文做准备，在少年时二叔曾为他讲过《左传》。《怀念二叔》（1991年11月5日）中说：

> 我吃了一惊。在八九年大病之后我总是睡不安稳，也少做梦，就是进入梦境，也恍恍惚惚，脑子并不清楚。这一次却不同，我明明感觉到舒适的夏夜凉风。醒在床上，我还听见二叔的声音，他讲书时常常挂在嘴上的一句话："必讼！"我很激动，一两个小时不能阖眼，我在回忆那些难忘的事情。

我记不起我搁笔有几年了。写字困难，我便开动脑筋，怀旧的思想在活动，眼前出现一张一张亲切的脸。我的确在为自己结账。我忽然想再翻一下《春秋·左传》。多年不逛书店了，我请友人黄裳替我买来一部有注解的新版本，不厚不薄，一共四册，我拿着翻看，翻过一册又是一册。我忽然停住，低声念了起来："太史书曰：'崔杼弑其君。'崔子杀之。其弟嗣书，而死者二人。其弟又收，乃舍之。南史氏闻太史尽死，执简以往，闻既书矣，乃还。"

我不再往后翻看了，我仿佛又站在二叔的写字台前。熟悉的人，熟悉的事。治学有骨气，做人也有骨气。人说真话，史官记实事，第一个死了，第二个站出来，杀了三个，还有第四、第五……两千五百三十九年前的崔杼懂得这个道理，他便没有让"太史尽死"。(《再思录》增补本第51页、55页，广西师范大学出版社2004年4月版)

23. 巴公如恒，身体更好于前，曾数次说要写一本《随想录》续编，我当然加以鼓动，还要我找材料，可见已有腹稿。《文汇》扩大版（原为增刊，北京坚持不许用，只能改今名）只"随笔"一页有趣，可惜每两周才有一次，拉了不少人，但如王蒙，至今不敢用。此间宣传部副部长有电话，说少登"敏感人物"的文章，真可笑也。不知此"敏"字号是否有一单，可使编辑遵守无误也。（1990年1月20日致杨苡，第116页）

按：巴金在《随想录》之后几次动心要写《再思录》，说明还有很多话要讲，但终因身体和编辑全集等工作而未能如愿，目前出版的《再思录》并非如《随想录》这样是连续写成的。

三、关于文坛的人和事

1. 信早收到，因等巴先生回来迟至今日始复。巴公昨天始归，刚才才去看他，正在"闭门谢客"，不过精神很好。七十多岁的人，开了一个多月的会，仍能保持很好的精神，很不容易，还是有很多话，说起来兴致很好。提起诺贝尔奖事，他说今年已宣布给了别人，又有希腊某名作家主张明年要给他。中国有两个候选人，另一个是茅盾，已有外国记者访问了这两位（许多都是他女儿说的）等……（1979年12月1日致杨苡，第59—60页）

按："开了一个多月的会"指1979年10月30日至11月16日在京出席中国文学艺术工作者第四次代表大会，11月26日至29日出席五届人大第十二次会议。

巴金1979年12月1日日记:"中午午睡。包书,济生来,黄裳来。"(《巴金全集》第26卷第383页)

关于诺贝尔文学奖一事,巴金1979年3月3日致萧乾的信可见其态度:"诺贝尔奖金的事,我也搞不清楚。主要是法国一些汉学家在活动,他们从七五年就搞起,似乎还在搞。我看不那么容易,所以有人说要得奖必须长寿。候选人有的是,也用不着发表演说,只有得了奖才得去瑞典乱讲一通。我怕讲话,因此也为落选暗暗感到高兴。"(《巴金全集》第24卷第386页)

2. 信及《译林》等都收到,今晨将文件一叠交给巴公,南师的那本也看到了,实在过于寒伧了。那个魏先生实在是个善钻的人物,从不放过替自己做广告的机会。那篇文章比起在《大公报》发表的,减去了有关曹禺和李玉茹的故事。

巴先生说,《开卷》(最近一期)已将你的《访巴金》全文发表了,你一定很高兴。

《雨花》想转载《随想录》事,我向他提了一下,他好像并没有反对的意思。当然还是你写信提一下为好。

那本《开卷》,我还没有看。你看好寄回给我,《开卷》会送你一本的。那个作者董玉,是一位女同志,《读书》的编辑,人很能干,也很正直。(1980年5月2日致杨苡,第67-68页)

按：巴金1980年5月1日日记："小华夫妇来，黄裳来。"（《巴金全集》第26卷第405页）

3. 巴金关于资料馆的建议又提了一下，很好，大约可以促成其成功。如能成功，吾兄鼓吹之功不可没也。（1981年3月17日致姜德明，第142页）

按：指《人民日报》1981年3月12日发表巴金倡议建立中国现代文学馆的《〈创作回忆录〉后记》，并配发"编者后记"申明倡议得到了茅盾、叶圣陶等老作家响应。

4. 回来第二天即去看巴先生，他也才回来，说是疲倦不堪，但我看和平常一样，精神还是很好，谈天兴致甚好。他这次在京，耀邦同志请吃饭，由贺敬之等陪同前往，谈得很好。巴公仍说明了三年来文艺界形势大好，应加珍惜。胡也赞同的。胡谈了批评问题，说：一，大喝一声；二，留有余地；三，耐心帮助，决不再搞五七年那种事。巴说是啊，损失太大了。……谈话大致如此。周扬已辞去中宣部职务，改任顾问，这样的顾问还有黄镇、张平化。贺敬之很不赞成他辞职，胡主席说，辞就辞罢，周扬夫人坚主他辞职，说这样可以让他多活两年云。

那天曹禺和李玉茹也来了。巴公对曹禺在座谈会上的第二次发言加以批评。说北京很多人都对他有意见，曹禺是满肚皮有苦说不出的样子。巴公劝他把《桥》写完，他好像颇有兴趣。……曹禺给我读了一遍他在此戏前写的一段Motto，是个希腊诗人的诗，大意为"让我自由、自由地看，想，表现自己的意念……"他是很激动的。

…………

那几张《随想录》，不要给旁人看，看好还我。我怀疑第三本能否印出。所以这些是值得保存起来的。可能最近写不下去了。（1981年10月23日致杨苡，第87-88页）

按：巴金1981年9月率中国笔会代表团出席里昂举行的第45届国际笔会大会，并访问瑞士，10月8日回国，并在北京出席中国作家协会第三届主席团第五次会议。其间，10月13日中共中央总书记胡耀邦约他与张光年、朱子奇、贺敬之到中南海勤政殿晤谈。

巴金1981年10月13日日记："八点半小杨来接我去人大会堂贵州厅，出席作协主席团会。十点十分结束，即乘贺敬之车去中南海，胡（耀邦）约我和张、朱、贺谈话并吃中饭。十二点一刻后离中南海，返'燕京'休息。"（《巴金全集》第26卷第465页）

张光年1981年10月13日日记："10时半我和朱子奇、贺敬之陪巴金到中南海勤政殿，受到耀邦同志热情接待。中午盛宴招待（有鱼翅、武昌鱼、鸽蛋汤等，黄酒，啤酒），饭后辞归，上海电视台小组拍了资料片。接谈中间，涉及周扬辞职问题，上海文艺界团结问题，文学资料馆，对坏人坏事开展批评等。"（《文坛回春纪事》第286页，海天出版社1998年9月版）

巴金对曹禺的劝告早在1979年1月26日《随想之六》《"毒草病"》中就曾公开提出：

> 我最近写信给曹禺，信内有这样的话："希望你丢开那些杂事，多写几个戏，甚至写一两本小说（因为你说你想写一本小说）。我记得屠格涅夫患病垂危，在病榻上写信给托尔斯泰，求他不要丢开文学创作，希望他继续写小说。我不是屠格涅夫，你也不是托尔斯泰，我又不曾躺在病床上。但是我要劝你多写，多写你自己多年来想写的东西。你比我有才华，你是一个好的艺术家，我却不是。你得少开会，少写表态文章，多给后人留一点东西，把你心灵中的宝贝全交出来，贡献给我们社会主义祖国。……"

> 我不想现在就谈曹禺。我只说两三句话，我读了他最近完成的《王昭君》，想了许久，头两场写得多么好，多么深。孙美人这个人物使

我想起许多事情。还有他在抗战胜利前不久写过一个戏（《桥》），只写了两幕，后来他去美国"讲学"就搁下了，回来后也没有续写。第二幕闭幕前炼钢炉发生事故，工程师受伤，他写得紧张，生动，我读了一遍，至今还不能忘记，我希望他、我劝他把《桥》写完。（《随想录》三联版合订本第 27 页）

5. 你对萧乾的评价，完全正确。我和巴先生也说了我的意见（未如此尖锐），他笑而不答，过了一会说，他给《大公报》写了一篇，说现在有些纪念文章，其实是在吹捧自己，可见他也是明白的，但不说而已。他近来的确衰老，但我看也没有什么，也许是多看见的关系。头脑非常清楚，也无大病，只是伤风之类，只想劝他少工作，但我知道这种劝告是无效的。我自己深深懂得这一点。（1982 年 2 月 18 日致杨苡，第 90 页）

按："笑而不答"显出巴金的忠厚，其实私下里与萧乾的通信，他时有劝告：

你有才华，有文采，要爱惜，要多写。但要踏踏实实。对自己最好严格些。读者会认识你的。现在有些人喜欢自吹，表现自己，或互相标榜。你的成就应当高于这些人。（巴金 1979

年约 7 月 15 日致萧乾,《巴金全集》第 24 卷第
390 页）

　　我仍主张你不要再谈叶君健的事。我也不
会向朋友谈家璧的事情，眼界宽一点，想得开
一点，为什么不好？不要纠缠在这种事情上！
（巴金 1980 年 9 月 19 日致萧乾,《巴金全集》
第 24 卷第 393 页）

　　6. 巴公信已整理好，甚慰。如我已离沪，可以带给
李瑞珏留给我也好。因我家平常上班，恐无人接待也。
辛笛将近期去港,（留交徐文绮也可），是去讲学的。

　　巴公回沪后第二天去看他，精神甚好，疲倦是不免
的。他总之是比前一时期好了。他这次在京去看了叶老、
周扬、冰心、沈从文。沈的房子太不像话了。只两小间，
东西都无处存放，据说他是研究员，只能住这样的房子。
最近他当选为作家协会顾问，据说这个"官"衔，等于
副部长级，但何时能换房子，尚不可知。（1985 年 4 月
20 日致杨苡，第 100 页）

　　按：巴金 1985 年 3 月 8 日至 4 月 10 日在北京出席
全国政协六届三次会议，并出席中国现代文学馆开馆典
礼，看望诸多老友。

　　7. 今天颇暖，上海春节一直天气甚好。昨天去巴先

生那里，早晨没有什么客人，他已能下来不由人扶了。活动进步虽慢但还是明显的。精神是比家里好得多。我又到他家去了一下，房子修了一半，有暖气了。见瑞珏。

（1986 年 2 月 16 日致杨苡，第 103 页）

8. 信收到，上次在巴先生处，他已告我你将来沪了。他的生日是二十五日，辛笛打电话来说今年他想送一瓶酒，说蛋糕送的人太多也太贵，我想还是送一只蛋糕吧，有一种相当漂亮的。

…………

萧乾也是这样的人，当然比王公好一些。他最近出了一本《搬家记》，写的不怎样，但还是敢说话的。我对他是采取敬鬼神而远之的态度。巴公在《随想录》里也提到他，但未点明。一次在人大会堂见面，萧说："你那本集子里如不收入那篇文章就好了。"指的是参观大寨的文字。小事一件，足以表现其人之精神境界也。……

写巴先生，真难。三联约的书不打算写了。近来有人要写巴金传，真是十分狂妄，其结果可想而知。比较熟的人，反而不易下笔，不知道写哪一点好，而能从小见大，更是难。巴先生停笔之后，又写了《收获》的纪念文章。我早就跟他说过，他的笔是停不下来的。这点算是说中了。前些时从四川回来，疲倦得很，连说话都没有力气，但上一次去看他，已恢复。人到底是老了。

（1987 年 11 月 15 日致杨苡，第 108—109 页）

按：《随想录》中提及萧乾处是指随想四九《说真话》：

> 过了几天我出席全国文联的招待会，刚刚散会，我走出人民大会堂二楼东大厅，一位老朋友拉住我的左胳膊，带笑说："要是你的《爝火集》里没有收那篇文章就好了。"他还害怕我不理解，又加了三个字："姓陈的。"我知道他指的是《大寨行》，我就说："我是有意保留下来的。"这句话提醒我自己：讲真话并不那么容易！
>
> 去年我看《爝火集》清样时，人们就在谈论大寨的事情。我曾经考虑要不要把我那篇文章抽去，后来决定不动它。我坦白地说，我只是想保留一些作品，让它向读者说明我走过什么样的道路。如果说《大寨行》里有假象，那么排在它前面的那些文章，那许多豪言壮语，难道都是真话？（《随想录》三联版合订本第 204 页）

四、与书有关的议论

1. 一年来胡乱写了不少东西，本想选一下，印一本，前两天巴金给我看了《随想录》的样书，觉得印得很漂亮，非常喜欢，但我要印这样开本的书，就容纳不下，只有二法，分开印，仍用小开本，合起印，本子就要大一些。

…………

香港翻印内地作者旧作者颇多，锦帆集和集外都有过翻印本，陈凡曾寄我各一册，这种事由自己来做，做得好些，也未始不是一件值得经营的业务。在我自己，除了不可救药的敝帚自珍而外，也实在喜欢把书印得精致一些，还是一种过于奢侈的癖好，无法可想。巴金对他的小书就很满意，我们这样的大国，也实在是应该拿出几本漂亮的书来。前一时期只是用大块金砖式的画集、古董书之类给外国人看，当然也是有意义的工作，但到底效果有限，买得起的人也不多。（1980 年 2 月 6 日致范用，第 120–121 页）

按：巴金 1980 年 2 月 3 日日记："上午黄裳来。"（《巴金全集》第 26 卷第 393 页）

2. 看到夏公的集子和《唐弢书话》，觉得都印得好，毛边尤有趣。今天巴金也说起，"书话"印得很精，三联的这些书，在今天的出版界都是很有特色的。（1980年11月29日致范用，第127页）

按：巴金1980年11月29日日记："上午黄裳来。"（《巴金全集》第26卷第433页）

3. 秀玉同志带来书两本及影印件，甚感，已大致看了一下，胡适一本尤有趣，有许多事过去不知道。……巴金也想买一本《胡适晚年谈话录》，此事见到老潘可托他一办，但寄至尊处转为便乎？（1985年1月16日致范用，第130-131页）

4. 我应人文社之约编一巴金散文选，想在书中收入一些书简，很盼望能在你所藏的一部分中选十封左右。这事请你代选，并适当加点注解，巴公没有意见，他说这些信你是主人，应由你决定。如有整本出书计划也不妨，"选集"也可收入。不知如何？（1985年3月4日致杨苡，第98页）

5.《关于巴金》，本来是给《读书》写的。但须先排出样子给巴金看一下（最好是清样）再发，请告小董。

胡适谈话丢在巴金那里，等他回沪，我就取回寄上。（1985年4月4日致范用，第136-135页）

6. 今天访巴金，取回胡适谈话录，已与寅恪传一并挂号寄上了。

⋯⋯⋯⋯⋯

访巴金稿，排好后寄我，让他看一遍，今天他说，只要不泄密就行，不知其中有否泄密之处，一笑。（1985年4月12日致范用，第134–135页）

按："访巴金稿"指黄裳写的《关于巴金的事情》，刊于《读书》1985年第10期。

7. 今天下午到巴金家，三联的范用与董秀玉也在座。小董把你的信的抄本拿去了。说是马上付排，我没有看，问巴老，他说已看过一遍，并改了注释，这样就好了。至于交曾敏之发表事，巴老说，由你选几篇就好，不要再问他的意见了。小董则希望在出书前发表得少一些。这些情况都转告你了，他们还等你的"前记"。（1985年9月28日致杨苡）

按："你的信"指巴金致杨苡书信，后由三联书店结集为《雪泥集》出版。

8. 我们所编的那个散文丛刊，因系以书本形式发行的刊物，在禁止之列，我们也不想再争取登记，大概就此完结。未出的一本系人民日报出版社印，尚未问世。

因此巴老的信也就不要了，尽可由曾敏之刊用。不过我还要选巴公的散文，其中巴公自选的几封信，请还是留下给我如何？（可先发表。）书名《雪泥集》甚好。让我写封面，当然可以，但想想似乎有些身份不合，怎能在巴公的信集上写字呢？你看如何？反正时间尚早，等有暇弄笔砚时即一写也。范用见过否？（1985年11月10日致杨苡，第101-102页）

9.《雪泥集》样书不理想，也难怪。听巴公说，前些时董秀玉来，提到此书，认为可以照出，但对你给刘宾雁所加的一段注解加以必要的改动，我想这也算了。你再提出重印……恐已太迟。如真改动，恐将花不少力气，他们目前能否做到，也是问题。我以为只要书出来了，就好。总比拖得无声无息为佳。其他可不计也。（1987年6月26日致杨苡，第108页）

10. 今年热得厉害，上海如此，南京想更甚。这两天总算好一点，但也还是热。久已不写东西，似乎是处于一种无欲望状态。想想也无聊。巴先生处也不常去，上次看他，知在最热的几天他还是在写信、做事，说是与热斗争。老人身体尚好，可以告慰。四川新出了一本《巴金书简》，他颇不满意，主要的信是写给田一文的，说了不少文生社的事，他说要自己编书信集，其意正在

免去旁人代编搞出不合适的东西来。（1988 年 8 月 10 日致杨苡，第 109-110 页）

按：《巴金书简》（初编），四川文艺出版社 1987 年 10 月版。

11. 巴公在港印行之诸文小集，前见样本，印极精致，外有书套，但大批赠书尚未到。此为董秀玉联系台湾出版家合办。巴公说，此出版家为萧珊的亲戚，遂大力支援，亦可贺。（1990 年 3 月 14 日致姜德明，第 156 页）

按："巴公在港印行之诸文小集"指《巴金译文选集》，共分十册。

12. 巴公译文已到，甚好。此书印得不坏。他大概又是不要稿费，只得书若干部。他说还有一种台湾本。其实就是一种版本。他只是以送书给朋友为乐，真是数十年如一日，至今未改者也。（1990 年 6 月 25 日致姜德明，第 158 页）

13. 今晨访巴老小谈，所询之事，答如次：

一、重庆开明版。

二、《草原故事》再版题记，因与三联关系而删去，今亦不愿更得之矣。

三、《曹禺戏剧集》出版皆在《文学丛刊》中，《蜕变》一种，因配合演出，由重庆商务印书馆印，因当时国民党检查关系，作者增加了些口号之类，再印时，巴公据原作删去，后曹禺似又据商务本加上了。（此节听不清楚）这也是版本史一掌故，或为校勘家所乐闻乎？

巴公身体甚好，他说要送你一部全集，惜无便人带京，又除数零落无序，记不得哪本已送，哪本未送，殊困扰。（1994年1月3日致姜德明，第163页）

五、巴金的晚年生活点滴

1. 巴先生前天已离京转法国，据说五月廿日可以回来。你那篇文章写好不曾？那位女记者来看过我，我也帮不了她什么忙，只将《记巴金》借给她了。此人虽有些幼稚，但头脑还清楚，现在这样的记者已不多了。（1979年4月12日致杨苡，第53页）

2. 巴金四天前回沪，今晨往访，似甚疲倦，长途飞行，减了几斤。我劝他好好休息，但仍需抓紧看赫尔岑书之校样，真是毫无办法。（1979年5月24日致杨苡，第55页）

按：巴金1979年5月24日日记："六点后起。七点老钟坐车来，接我和冯岗去华东医院检查身体。十点半结束，同老钟返家。李景福送书来。黄裳来。顾轶伦来。

下午章洁思来。看校样。仍感不适。"(《巴金全集》第 26 卷第 341 页）

3. 前两天又去看过巴公。他曾去医院检查身体，闹了一场虚惊，现在总算无事了。他也够寂寞的。（1979 年 10 月 21 日致杨苡，第 57 页）

按：巴金 1979 年 10 月 21 日日记："上午黄裳来。"（《巴金全集》第 26 卷第 372 页）

4. 信悉。巴金背上之囊肿，前天已刺穿排脓，医生说不是"肿瘤"，如不感染可望不再开刀，渐次消之。他因不能照常工作，感到烦躁。近来常找他去谈天，精神甚佳。今晨又去，曹禺夫妇亦来，谈得高兴。他说，等随想录第三本交稿后，就要开始锻炼了。我把你信中的意思告诉他了，他听了很高兴。

…………

南京想已热得很。前些时巴公到杭州休息，我与光耀也赶了去凑热闹，并游富春江。辛笛夫妇亦去，我与王诗人曾在九溪十八涧联吟，各得诗三首，已发表香港《大公》，算是一桩笑话，亦可见我辈意兴之豪也。（1981 年 5 月 23 日致杨苡，第 80 页）

按：巴金 1981 年 5 月 21 日日记："上午写信，下午黄裳来谈。"（《巴金全集》第 26 卷第 455 页）

5. 今天到巴家去，看见他已大好，背上之囊肿也无脓，只敷纱布并擦普通之药而已。精神亦好。《随想录》第三集《真话集》已写完，即交稿付印。李瑞珏要我给你写信讲一声，以释远念。（1981 年 6 月 10 日致杨苡，第 81 页）

6. 前两天去看巴公，说起你曾给他信，还没有回信，他的确相当忙，来客不断，也还在努力写。"空调"开了一下，把电表烧坏了。现寄上《随想录》新的一篇，影印后连前寄者一起寄回给我好了。（1981 年 7 月 8 日致杨苡，第 83 页）

按：巴金 1981 年 7 月 5 日日记："上午国润来，黄裳来，杨振宁来谈了约一个小时……"（《巴金全集》第 26 卷第 459 页）

7. 巴公到莫干山避暑，约十天。前又寄《随想录》一页，想已收到。（1981 年 8 月 10 日致杨苡，第 84 页）

8. 巴公约十五日左右始返沪，他们父女得瑞士邀请，去玩几天。至于其余的团员，则先期回国了。（1981 年 10 月 10 日致杨苡，第 87 页）

9. 巴公近在家不出，编文集十卷（四川出），已将毕，感到疲倦。又老态不免，走路步子奇小，亦无可奈何，正锻炼中。（1982年2月11日致杨苡，第89页）

10. 巴公这两天回家。精神倒是满好，坐小车也得人抱进去，他为此而苦恼，说争取锻炼后到南边去玩。关于他的文章，你就动手吧，我越想越写不出。（1982年5月14日致杨苡，第91页）

11. 昨天又去看巴金，近来精神好多了。他谈到叶圣老八十九岁依旧活动时说："我也看到了希望，也许还有十年可以工作。"这是少有的，他还要我替他找人在园子里栽花。

最近我不得不接受了一个任务，写一本关于巴金的书，这是很难的，但推不掉。从现在起，就在用功积累材料了。真难，有种种难处。但难也有难的味道。工作就是克服困难。当然也要从你那里得到支持。现在先打一个招呼。

刘北汜的大文，请务必搞一份，写巴金不能不写陈蕴珍。可陈蕴珍怎么写呢？其实，写好了陈蕴珍，就把巴金的大轮廓写出来了。这是一种奇突的设想。不过我只了解陈蕴珍的很少一部分，很少。（1982年7月4日致杨苡，第92页）

12. 巴先生散文尚未动手，材料也未齐备，他和陈蕴珍的通信也不听到整理如何（由小林整理）。还想收他一点日记，不知能拿到否？他最近检查了身体，一切都好，面色也很好。在整理他过去所译的外国小说，三联预备给他出十本。（1982 年 8 月 24 日致杨苡，第 93 页）

13. 巴先生甚好，我又去过两次。面色红润，比在家时还好，胃口奇佳，又得特别照顾，伙食好得很，此外大量橘子……他说出院时可能变大胖子了。也许三个月至六个月才能出院。家里修房子，装水汀。他说又在手痒了，想写东西，在做操，躺着举手臂，活动手指，明年想到广州，回四川，想大玩一遍。这是好事。

李健吾死，要向他保密。（1982 年 12 月 11 日致杨苡，第 106 页）

按：巴金 1982 年 11 月 7 日在书房摔跤住院直到次年 5 月 14 日方出院。

关于李健吾去世事，巴金在随想九九《病中》（二）写道：

> 我去年十一月七日住进医院时，只知道朋友李健吾高高兴兴地游过四川，又两去西安，身心都不错，说是"练了气功"，得益非小。我

也相信这类传说。万想不到半个月后，就在这
个月二十四日他离开了人世。噩耗没有能传到
病房，孩子们封锁了消息，他们以为我受不住
这样的打击。我一无所知，几个月中间，我从
未把健吾同"死"字连在一起。有一本新作出
版，我还躺在病床上写上他的名字，叫人寄往
北京。后来有一次柯灵来探病，他谈起健吾，
问我是否知道健吾的事。我说知道，他去四川
跑过不少地方。……（《随想录》三联版合订本
第 426 页）

14. 巴老又住进华东医院，在作理疗，加上打针，疼
痛少差，仍未全好。昨天往探，见他下床穿衣，痛苦非
常，使人看了难过。真是老年人的痛苦，无法避免者也。
（1983 年 2 月 21 日致姜德明，第 147 页）

15. 巴老处尚未去，昨天他在友谊大厦接待密特
朗。想过两天再去看他。你要写的文章，放手写去可也。
（1983 年 5 月 8 日致杨苡，第 95 页）

按："接待密特朗"指出席法国总统密特朗主持的法
国荣誉军团指挥官勋章授勋仪式。

16. 接长信及照片等，谢谢。为我放大的一张，甚

佳，已放在玻璃板下矣。巴公信即寄下为盼。这两天在做准备，预备写《关于巴金的事情》（此题如何？能为想个好题目否？）拖了三年，范用他们已下了爱的美敦书，不能不动笔了。但不知写得好否？近来有点怕作文章，真是糟糕。巴公廿一日到京开政协会，说以后不再去北京了。他复制了三封给你的信给我，已交《万叶丛刊》（由人民日报社印）。三信为四三年四月、四四年一月十五日、四三年二十二日，以上三信不必寄了。你选哪封，告我即可。（1985 年 3 月 12 日致杨苡，第 99 页）

17. 信收到。你的"前记"，读过，觉得甚好。没有给巴先生看，他说这本书已完全交给你处理了。不妨给姜德明看，但太长，副刊不易安排也。姜是有点像靳以，发言之多亦似，且同是"天津"人也。

⋯⋯⋯⋯⋯

"三不主义"未听说起，倒是说今年上半年要把《随想录》写完了。这是好消息。身体好像也好了些。一次我去，他找一本书给我，在书架前来回五次，翻上翻下，灵活得多了。（1986 年 1 月 12 日致杨苡，第 102 页）

18. 巴老甚好，他家里开始烧暖气了，这倒是大好事。（1986 年 12 月 8 日致杨苡，第 105 页）

19. 回沪第三天即巴公生日，我是早晨九时到的，巴公穿了儿子送给他的新衣服已经坐在那里了。我把你的花给了九姑，他们都很高兴。上海冷了一下，他们家还未生火，想到北京人家，觉得如在天上。那天早上没有什么客人来，《收获》的人来了一群，我坐了一会就回去了。这两天忙这忙那，忙着看北京人艺的戏，这种兴致我已久不存在了。（1988年12月3日致杨苡，第110页）

20. 巴公曾去一看（前天），又较前好转，我看似乎也并无太大变化，心里的郁闷则难免。好在也是司空见惯了。（1989年6月21日致杨苡，第111页）

按：巴金1989年1月26日在寓所不慎摔跤，造成腰肌扭伤，2月9日住院治疗，历时8个月。

关于巴金这一时期的心情可以参见他1989年3月2日致冰心的信："一个月前不小心摔了一跤，至今疼痛不堪，对什么事都不感兴趣，只有我们这个多灾多难的国家，紧紧抓住我的心。我佩服您，羡慕您。我看得清楚，为了我们这个国家，您一直在奉献您的一切，我要向您学习。希望您不要把我抛在后面。"（《巴金全集》第22卷第406页）

21. 前几天到巴老那里去，知道你们又拿到他给沈从文的几封信，想来甚佳。此老于酷暑中仍写信，校书，说是与热奋斗，其乐无穷，大可佩服，想自己是四十年前才有这种经验的了。（1989 年 8 月 1 日致姜德明，第 154 页）

22. 巴公生日前后要给他开一个"回顾展"，是上海作协主办的。找到我要写一篇前言，苦思甚久，不知如何下笔。看领导的意思是要强调他的爱国思想，那么别的就只好不提了。你有兴趣写吗？时间还早，如能大笔一挥，那我就解放了。

巴公月底拟回家。前些日子去看他，动作有所改善，医生好像说他的吸收能力不好，医院里的伙食也不高明，也许回来后可以吃得好些。（1989 年 9 月 27 日致杨苡，第 111–112 页）

23. 巴先生已去杭，系住灵隐作家招待所，据说这两天可以回来。你如在二十日左右来，大家可以相见。但去家期近，不免紧张耳。（1989 年 10 月 15 日致杨苡，第 112 页）

按："回顾展"指巴金文学创作生涯六十年展览，于 1989 年 11 月 25 日在上海展览馆开幕。

24. 巴公的展览前言写好交上，据说市委宣传部尚有意见，我不再过问，请他们改去吧。

…………

最近有一事，胡乔木来沪，约我见了一面，长谈。谈西湖，谈周作人，谈文汇报，没有什么大事。我说近来少写文章，因无机会出去旅行，他马上转告上海市委宣传部，要给予方便。文汇报要我出去跑跑，现初步拟去山东游览一番。天气已凉，不能再迟。也许巴公生日赶不回来，失去见面机会，甚怅怅也。巴公前些时因服口服青霉素，胃口不佳，精神萎顿，近已复原。我劝他少吃药，多注意营养，他也以为是。（1989 年 10 月 30 日致杨苡，第 113 页）

25. 昨天去巴老处祝寿，人多极，花篮室内放不下，一直摆到院子里，我真怕老人吃力，但精神却极好，说了不少话，有四五个记者围在身边，且有以话筒直抵嘴部者，真是紧张。见兄等所送画幅，小丁所画极佳，际坰、秀玉签名当先代签，巴老也看出不是他们的亲笔。（1989 年 11 月 26 日致姜德明，第 156 页）

26. 从山东回来后参加了巴公的讨论会。去祝寿，今年客人出奇的多，花篮一直摆到花园里。我也是坐了一会就回来了。过几天，又去看了展览，布置得不坏。今年比过八十岁那年还要热闹。你的祝寿电报当天早晨才到。真怕他累坏了。昨天又去，他才从医院回来，说一切如常，精神也很好，这就好。他说译文集就要出书了，这是一套十本，很有意思。我特别喜欢其中的《一个家庭的戏剧》等。（1989 年 12 月 13 日致杨苡，第 114-115 页）

27. 回沪已十日，去看巴老，他到杭州去了。三日返沪，昨日访晤，得知他这次还游了桐庐，在新建的宾馆里住了一夜，游钓台，遇雨，未下船。老人得此畅游，非常难得。三周下来，体重增长一公斤（上次是两公斤），成绩不恶。我把你将向唐弢夫人访问之事说了，他又说起老舍的《骆驼祥子》手稿事，此稿在陶亢德家属手中，索值甚昂，文学馆买不起，这种东西美国的图书馆是愿出高价的，不禁为新文学史料外流而忧，然亦无可奈何也。（1991 年 5 月 7 日致姜德明，第 159 页）

28. 巴公如常，近出照片集一册，颇佳，四十六元亦殊昂。（1992 年 5 月 11 日致姜德明，第 161 页）

29. 巴公半月前往访，如常，但谈天更困难了。（1993 年 9 月 18 日致姜德明，第 162 页）

30. 巴公今春仍将去杭州，说那里空气好，每去一次，必增体重数斤，此作协接待殊不恶……（1994 年 3

月 11 日致姜德明，第 164 页）

31. 巴老甚好，再一星期可起坐，然后即可返寓。病中仍来客不断，有贵官，有演员（《英雄儿女》中的"王芳""王成"），兄当已见《新民》所报导矣。（1994 年 12 月 26 日致姜德明，第 165 页）

32. 巴老仍在杭州，大概要等秋后才回沪吧。他就怕住医院，这是可以理解的。

已是秋天，连日冷空气来，已是已凉天气，南京想亦同是秋深景色，不知曾到什么地方玩过没有？过两天可能到杭州玩两天，想去看看巴公。（1995 年 10 月 5 日致杨苡，第 117 页）

33. 巴公已赴杭，身体颇好，又将住到秋天了。（1998 年 5 月 12 日致姜德明，第 147 页）

2006 年 5 月 30 日下午改定于国权路

编后记

那时，我在巨鹿路上班，陕西南路地铁站上面，是巴金先生住过的霞飞坊（今淮海坊）。从地铁站出来时，我时常会想到黄裳先生描述的当年巴金家的热闹场面，想到汪曾祺、黄永玉、黄裳、穆旦……这些生动的面孔。

黄裳先生的家，在淮海坊的隔壁的陕南邨。我偶尔会收到他的来信，有时也和李国煣老师一起去看他。相比于淮海坊门前的热闹，陕南邨比较安静，走进黄裳先生家的那栋楼更有闹中取静的感觉。窗外几棵树遮住了阳光，还是墙上挂的字的暗示（"雨意欲成还未成"），这里给我的感觉，每次来都是阴湿的天。不过，黄先生的笑容很灿烂，像他的大肚子一样饱满，得意时不是微笑，而是"嘿嘿"两声。他的话不多，偶尔有一两句，声音很大，大约是耳聋的缘故吧。一般都是我问他答，这间歇，是默默相对。我偶尔会望望窗外，现在回忆，居然从来没有问一问《榆下说书》的"榆"还在楼后吗？

有一次，送我们新印的姜德明先生的《与巴金闲谈》给他，我随口说：把您写巴老的文字也集中在一起，给你也印一本吧。他满口答应：好！我做事向来懒懒散散，近年事功心渐淡，没有出版社催逼也不会行动。黄先生当然不会催我，就这样，时光在淮海路、巨鹿路、陕南邨中默默地流逝了。2011年底，我搬到武康路来办公，信步就走到黄先生家门口的日子也少了。想不到，第二年秋天，黄先生就去世了。我不禁自责，觉得这件事情本该早一点做好。还有很多事情也是这样，懒惰也好，习惯也罢，我总觉得世界笨重且安稳，其实它在恒常中也无时无刻不在变动中，它把我们甩在孤独的街头，这个时候，再左盼右顾，我才发现好多熟悉的风景都不见了，再也不会出现了。

所以，这一次，开列好目录，动手编起这本集子的时候，我首先感到的是一种伤感和萧然。关于选文，像《记巴金》这样直接写巴金的篇章之外，我还特意选了一些与巴金相关的其他文章，如谈巴金三哥李尧林的，谈巴金夫人萧珊的书的。还有一部分文字，是黄先生在写别人或其他事情的文章中涉及巴金的，虽非专文，我也选入几篇。文末附录的一篇，是从黄裳书信中撷取的谈论巴金的文字，虽然琐碎，却倒具体，而且不为公开发表而写，更是自由、无所顾忌。我想，这些也都是研究巴金的珍贵资料，巴金也好，黄裳也罢，他们都不是孤立的人，他们的朋友圈、文化圈里的人，相互砥砺，相互影响，这其中也有很多值得研究和思考的地方。

感谢容洁、容仪两位老师授权，感谢吕浩兄帮忙校对书稿。时间过得真快，2019 年，黄裳先生一百周岁了，就把这本书当作一束鲜花，替我还上当年的那份心债吧。

周立民

2018 年 12 月 7 日冬雨中于竹笑居